新潮文庫

夕映え天使

浅田次郎著

新潮社版

9210

目次

夕映え天使

夕映え天使

この正月が味気ないのは、親父(おやじ)がめっきり弱くなったせいでもなければ、五十というてめえの齢(とし)のせいでもあるまい。

去年が華やかだったからだ。

「まだ飲むかい」

炬燵(こたつ)に寝転んで面白くもおかしくもないテレビを見ながら、一郎は親父の足を蹴(け)った。このごろ急に親父の耳が遠くなった。話しかけるときには、蹴ったりつついたりする。そうすれば存外聞こえるのだから、耳が遠くなったというより頭が鈍くなったのだろう。

「冷やでいいや」

新聞を読みながら親父は言った。

「燗(かん)ならつけるぞ」

「いや、冷やがいい」

一郎は、どっこいせと思わず呟いて起き上がった。何をするにしてもいちいち声が出るというのは、いったいどうしたことなのだろう。

男やもめの親子の住まう家は、一階が十坪の店で、二階が六畳二間に台所の付いた住まいである。何しろ一郎が生まれ育ったのもこの家なのだから傷みもひどい。外から見ると明らかに隣の洗濯屋に寄りかかっているが、さらによく見ればその洗濯屋も隣の掛接屋に寄りかかっているから、おたがい文句も言えない。

「チャーハンでも食うかァ」

厨房の棚から酒瓶をおろし、一郎は二階の親父に向かって大声をあげた。

「何だァ」

「チャーハンでも作るかって聞いてんだよォ！」

「いらねえよォ」

自分の食うぶんだけ作ろうかと中華鍋を裏返したが、何だかみじめな気分になった。

一郎は古いなりにきちんと整頓された店の中を見渡した。カウンターには八つの丸椅子が並んでおり、テーブル席はないがそのかわり、十人ほどの宴会ができる小座敷がある。

座蒲団を畳み上げ、卓も立てかけたその小座敷に、ふっと純子が立ったような気がした。

「やっぱ、燗つけるぞォ」

「あいよ。どっちでもいいや」

あいつはいったい何者だったのだろうと、一郎は考えた。いや、ずっと考え続けている。

鉤型になったカウンターの隅の席で、ラーメンの汁の一滴まで啜りおえたあと、純子はほかの客が帰るのを見計らって、思い定めたように言った。

(あのう、住み込みで雇っていただけませんか)

いったいどういう了簡なのか、一郎と親父は顔を見合わせたものだ。

悪い時代ならともかく、まだ四十ばかりの女がいきなりそんなことを言い出すのは、よほど切羽詰まった、よんどころない事情があるからにちがいなかった。

(あいにくだけど、手は足りてるんだ)

と、一郎はすげなく断った。すると女は洗い物を始めた親父に向かって、もういちど懇願した。

(少しの間でいいんです。ご迷惑はおかけしませんから)

（少しって、どのくれえだね）

と親父が答えたのにはいささかあわてて、一郎は白衣の背をつついた。

（やべえよ、おやじ。なに考えてやがる）

（そうは言ったっておめえ、他人にこんなこと言うのァ、よっぽど困ってるんだろ。そこらで電車にでも飛びこまれたらどうすんだ。後生が悪いぜ）

のちにわかったことなのだが、親父は後生がいいも悪いもなく、嫁が欲しかったのだ。この際わけありだろうが多少おつむが足らなかろうが、向こうから転がりこんでくるものを放っとく手はねえ、というのが親父の本音だったらしい。

（てえした給料はやれねえけど、三度の飯はたんと食わせる。住み込みったって余分な部屋はねえから、そこで寝起きだぜ）

女は親父の視線を追って、畳を短冊に並べただけの座敷を見た。それから子供のようにカウンターの止まり木から滑りおりて、昼休みの客が散らかした食器を片付け始めた。

（やばかねえか。知らねえぞ）

（何がやべえ。人助けじゃねえか）

その日から純子は、昭和軒の少し薹のたった看板娘になった。

界隈(かいわい)のさびれようといったらただごとではなかった。ともかくも商店街の体(てい)をなしていたのは二十年も昔の話で、住人はかつての半分もいない。中途半端(はんぱ)に地上げされた土地は、窮屈なコインパーキングか虫食いの空地になっている。昭和軒の客も、鋳物(いもの)工場の老いぼれた職工が昼飯を食いにくるぐらいのもので、出前の電話もめったには入らなくなった。見なれぬ客はたいがい隅田川のホームレスだというのだから、情けないにもほどがある。

商店会はいつのまにか自然解散してしまった。どの店も商売が成り立たず、跡取りもいないのでは仕方がない。もともとこのあたりは正体のよくわからぬ地主の土地で、ただ同然の地代に法外な借地権が付いたのだから、それを売り払ってどこかへ行くのは当然の話だった。

おふくろが皿を洗いながらバッタリ倒れて死んだのも、一郎が上野のキャバレーの女にさんざんやりくられたのもそのころのことだ。

おふくろは寿命だったと思えばあきらめもつく。だが籍まで入れた女が一週間でずらかり、兄と名乗るやくざ者におふくろの香典までふんだくられたのは、いまだに納得がいかない。

以来、親子の男やもめはこんな暮らしをみじめだと思うゆとりもなく、惰性というかほかに方途がないというか、知らぬ間に二十年が過ぎたのだった。

おとといの夏のかかりに純子はやってきて、年が明けるとどこかに行ってしまった。昭和軒の薹のたった看板娘でいてくれたのは、半年ばかりだった。

書き置きも、さいならのひとつもなかった。三が日をおえて、ぼちぼち店を開けようと階段を降りると、何となく空気がうつろだった。厨房はぴかぴかに磨き上げられていて、昭和軒の古い暖簾と、押入れの中のシーツや枕カバーに、これでもかというくらい糊が張ってあった。

純子は半年の間かいがいしく働き、川開きの花火みたいに華やかなおしゃべりをし、笑顔をふりまいた。

川開きの花火、というのは親父の感想だった。打ち上がるだけ打ち上がって、消し口が潔い、というわけだ。言いえて妙だが、消し口は潔すぎて、一年が経った今でも花火がはねたあとの夜空のように、まだどこかでポンと打ち上がるような気がする。どうしても終わったとは思えない。一郎が厨房で仕込みを始めると、座敷の柱の蔭から、白い三角巾とエプロン姿の純子が、「おはようございまあす」と現れそうな気がする。

燗がついた。

一郎は銚子の首をつまんで二階に上がった。純子が親父の肩を揉んでいるはずはなかった。散らかった部屋も、煤んだ空気も、去年の正月とはえらいちがいだ。

「おめえ、何か言ったか」

コンビニで買ったできあいのおせちをつまみながら、親父が言った。

「空耳だよ。何も言ってねえ。まったくよォ、言ってることは聞こえねえのに、言わねえことは聞こえるってか。やだやだ」

「そうじゃねえって」

と、親父は一郎に酌をしながら少し言いためらった。

「何だよ」

「いやな。おめえが何かつまらねえことを言って、あいつが気を悪くしたんじゃねえかと」

純子という名前は禁句だった。

「一年も前のことを、今さら何か言ったの言わねえのって、それこそ鬼が泣くぜ」

「ああ、去年の話だったな。俺ァ何だか、きのうみてえな気がしてた」

呆けているわけではあるまい。純子の消えた正月が去年かきのうかと、一郎も少し考えた。

「まちがいねえよ。去年の話だ。俺は何も言ってねえ。親父が何か言ったんじゃねえのか」

「さあて。後先もなく飛び出すほどひでえことは言ってねえはずだ」

ここまでは一年の間に、何度も同じ問答をくり返している。きょうというきょうは、咽にひっかかった刺を抜いてやろうと一郎は思った。

「なあ親父。今さらこんなこと聞きたかねえよ。聞きたかねえけど聞いてやる。たとえ親父が、後先もなく飛び出すほどのひでえことじゃねえと思っていてもだな、あいつにしてみりゃ十分ひでえ話だったかもしらねえぞ。おい、聞いてんのか、じじい」

親父はときおり魂が天に飛ぶ。だが、たまに天に飛ぶふりをしていることも、一郎は知っていた。

「あ、何て言った」

「とぼけんな。セクハラしなかったか。毎晩肩を揉ませて、ついでにケツを撫でたりはしなかったろうな」

「ええと、セクハラさんてえのは誰だっけか」

この野郎、と一郎は親父の布袋面を睨みつけた。愛嬌で店を持たせてきた親父だが、このごろではその洒落が癇に障ってならない。

「二度と聞かねえから、いっぺんだけ正直に答えてくれ。白状しねえなら葬式は出さねえぞ。知ってっか。今は自然葬といってな、そこいらに骨をうっちゃっちまうのがはやってんだ」

「上等だ。うっちゃるならそこいらじゃなくって、永代橋にしてくれ。花火が見えらあ」

「殺すぞ」

親父のへらず口が止まってしまった。八十三の親に向かって殺すぞは言い過ぎだったと、一郎は気を鎮めて酌をした。

「後生が悪いぜ。いってえ何を言ったんだよ。今さら腹は立てねえから聞かしてくれ」

ふいに親父が、鼻にひっかけたままの老眼鏡をはずして瞼を被った。親父の涙はおふくろの葬式以来だ。やはり問い詰めるべきではなかったと、一郎は悔やんだ。

「俺ァ、あいつに頼んだんだ」

「何を」

「そんなこと、言わせなくたってわかりそうなもんだ」

言わせる必要はなかった。それを口に出したかどうかだけを、一郎は知りたかったのだ。

「イチかバチかが、バチだったってわけだな」

うん、と親父は泣きながら肯いた。

「そりゃあおめえ、あっちがわけありなら、おめえだってわけありじゃねえか。おたげえ今さら選り好みする玉じゃねえんだから、バチはなかろうって俺は踏んだんだ。そしたら、あいつはそこで、さめざめと泣き出しやがってよお」

と、親父は炬燵の向こう前を指さした。一郎はたしかに去年の正月、純子がちんまりと肩をすぼめていたそのあたりに目を向けた。

「泣いても、バチかよ」

うん、と親父は二度肯いた。

「ありがとうございますって、百回も言いやがったのに」

「百回は言わねえだろ」

「十回は言った。で、俺ァこの話はまとまったと思ったんだ。あんときおめえがパチンコなんぞに行ってなかったら、一気に詰めた」

「ばかくせえ。だったら何で言わなかったんだよ。俺は聞いてねえぞ」

「蛍の光まで粘ってるおめえが悪い」

閉店まで粘りに粘ってついに確変を叩き出し、意気揚々と凱旋したあの晩、純子は店の座敷で蒲団にくるまっており、親父は炬燵で高鼾をかいていた。純子が消えたのは翌る朝だった。

「一郎。おめえはばかじゃあねえが、何たって間の悪い野郎だ。たしかばばあが死んだときもパチンコに行ってたろう」

「くだらねえこと言ってんじゃねえよ。俺がいるかいねえかじゃなかろう。おふくろのときはこてんぱんにやられた。ついてねえときはそんなもんだ。だがよ、あんときはうんざりするぐれえドル箱を積んでたんだから、やっぱり悪いのは俺じゃなくって親父だ。言い方が悪かったんだ」

「わけのわからねえ理屈を捏ねやがる。そんじゃ聞くが、どうしてありがとうなんだよ。十ぺんも百ぺんもありがとうって言ったんだから、俺の言い方が悪かったはずはねえ」

「あのな、親父――」

言い争っても仕方がない。だが言い負かされたくはなかった。

「あのな。蛍の光まで粘っていたって、きょうびの店員はドル箱を運んでくれて、帰るときにゃありがとうございますって言ってくれるんだぜ。ありがとうなんて言葉はな、額面通りに受け取るもんじゃねえんだ。わかるか。こんな男所帯の、明日をも知れねえ中華屋の嫁になってくれるなんて、ありがとう、だけどごめんなさい、って言ってるに決まってんじゃねえか」

親父は台布巾で洟（はな）をかみ、誰に当たるでもなく「こんちくしょう」と呟（つぶや）いた。

「それにしても、いい子だったなあ。あいつなら、ばばあだって気に入ってくれたはずだ。そうかよ。ごめんなさいだったか」

言い負かしたつもりが、言い負かされたような気になって一郎は炬燵に潜りこんだ。

「もうやめようぜ。嫁ならそのうち摑（つか）まえるから」

「キャバレーはいけねえぞ」

とどめの一言を投げて、親父はテレビを消した。

大晦日（おおみそか）からこの三が日は、蒲団（ふとん）も敷かずに炬燵で寝ている。七日までは休むつもりだったが、これではかえって体に悪い。客がこようとくるまいと、明日から店を開けようと一郎は思った。

純子と花火を眺める夢を見た。二人で出掛けたのは、後にも先にもその川開きの晩の一度きりだった。

「まったく、何時だと思ってやがる」

鳴りやまぬ電話に腹を立てて、一郎は起き上がった。時計を見れば朝の九時で、階段を降りかけると鋳物工場のサイレンも鳴った。つまり電話が悪いのではなく、正月四日まで朝寝を決めこんでいるてめえが悪い。

店の電話機はおふくろがまだ達者だったころに設えたピンク電話である。今では無用の長物だが、出稼ぎの職工が里に長電話をしていたころには、その揚がりが親父の煙草銭ぐらいにはなっていた。

「はい、昭和軒です」

まさかこの時間に出前でもなかろうから、親父に内緒の借金の取り立てかと、一郎は肚をくくった。

だが、声の主はまったく意想外の名を告げた。

(新年早々お騒がせいたします。こちら長野県警軽井沢警察署ですが)

そうと名乗ることがいかにもお騒がせとでもいうふうに、警察官はていねいな口調で続けた。

(実は昨年の十一月三十日に発見されました身元不明者についての照会です。ずいぶん時間が経ってしまって恐縮ですが、鑑識の結果が出ましたのが年末だったものです

から。持ち物の中に、そちらさんのお店のマッチがありましてね)

お騒がせというより、新年早々よくもまあ縁起でもない話を振るものだ。身元不明人は「保護」ではなく「発見」なのだから、どういう状況であるかは見当がついた。

「そりゃ、まったくお騒がせだな。けどねえ、うちのマッチを持ってたんなら、すぐにだって電話をくれりゃよさそうなもんだ。正月四日っていうのはどういうわけですかね」

電話機の隣に積まれたマッチ箱を手に取って、一郎はうんざりと眺めた。昔は年に何度も注文したマッチだが、近ごろはちっとも減らぬままあらかた湿気っている。

(はい。発見が遅かったもので、ポケットの中のマッチ箱もぼろぼろに腐ってましてね。で、鑑識で解読するまでにしばらく時間がかかったというわけです)

たぶん嘘だろう。あわただしい年末にはほっぽらかしてあった、自殺者か行き倒れかの身元割り出しを、年が明けてからようやく始めたというわけだ。

「ああ、そういうことですか。でもねえ、うちだって親の代から五十何年も客商売をしてるわけですから、たまたまマッチを持ってたからって言われても困るんだよね」

(ごもっともです。ほかに身元をたどるようなものがないもんで、もしやおなじみさんじゃなかろうかと思いましてね。ご迷惑を承知の上で、いちおうご連絡をさしあげ

たまでです)

警察官の口ぶりからは、さほど真剣みを感じなかった。事件でも事故でもない厄介なのだろう。

とっさに思いついたのは、ときおりやってくる隅田川のホームレスである。なるたけかかわりあいたくはないが、そうと勘づいて知らん顔もできまい。

「おなじみってわけじゃないけど、ここいらには怪しいおっさんも多いからねえ」

(いえ、おっさんじゃないんですよ。年齢は推定三十五歳から四十五歳の小柄な女性で――)

一郎は息を詰めた。思わず受話器をおさえて振り返ると、親父がどてらを羽織って階段に腰をおろしていた。

(身長は百五十センチくらい。所持品は皆無と言っていいですね。服装は、ええと――)

電話口で書類を繰る音がした。親父は不安げな表情で煙草をくわえ、湿ったマッチで火をつけあぐねて、「こんちくしょう」と呟いた。

(紺色のトックリのセーターにジーンズ。フードに毛の付いた白のダウンコート。靴はスニーカーです)

「髪は」

と、一郎は訊ねた。

(肩先ぐらい、ですかね)

その答えに、少し気持ちが楽になった。だが考えてみれば、少年のようなショートカットも一年前の話だ。

「すぐに行きます」

とたんに親父が、ぎょっと目を剝いた。

(いや、わざわざご足労いただかなくても、こちらから伺いますが)

「心当たりがあるんだ。おなじみってわけでもねえんだけど、知り合いかもしれねえから」

声が裏返ってしまった。親父は腰を上げると、一郎に寄り添って受話器に耳を近付けた。

「ともかく、今からすぐ行きます」

新幹線の軽井沢駅からは、遠くはないが歩ける距離ではないと警察官は言った。

電話を切ると親父を押しのけ、階段を駆け上がった。

「あいつだろ。あいつがどうかしたんか」

親父の声が追ってきた。勘働きというより、親父の呆けた頭の中は純子のおもかげでいっぱいなのだろう。そう思うと、嘘をつかぬわけにはいかなかった。

「軽井沢でよ、高校のダチが交通事故を起こしたんだと。意識不明だからすぐこいって」

とっさの嘘は下手だったが、親父を安心させる効き目はあった。

「そうかい。新年そうそう人騒がせなこった」

「人の生き死ににかかわるんだから仕方ねえだろ」

「軽井沢っていやあ、金持ちの別荘なんかがあるところだろ。何でまたそんなとこで」

「知るかよ。ともかく行ってくらあ」

「泊まりがけか」

着たきりのこのなりではまずかろうと思い、トックリのセーターをかぶった。おととしのクリスマスに親父がプレゼントしてくれた、純子とお揃いのセーターだった。ついでにおめえにも、と親父は言ったが、なかなか口に出せぬ頼みごとを、そのプレゼントに托したつもりだったのだろう。

「日帰りだよ。どうせたいした仲じゃねえんだ。生きようがくたばろうが帰ってくるさ」

「軽井沢ったらおめえ、信州だろう」

「新幹線でひとっ飛びなんだよ。知ってっか、親父。日本国じゅう日帰りのできねえところなんて、今じゃあどこにもねえんだぜ」

「へえ、そうなんか」

「明日は店を開けような。毎日飲んだくれてたんじゃ体に毒だ」

仕度をおえて仏壇に掌(て)を合わせ、どうかまちがいでありますようにと、一郎は胸に念じた。死んだころとは似ても似つかぬ、若い時分のおふくろの写真が一郎を元気づけた。

たぶん、純子と同じ年ごろだろう。

正月明けというのに、新幹線は帰省客とスキー行の若者で混雑していた。自由席は満員でデッキに立っていなければならなかったが、軽井沢まではたかだか一時間である。

金杯の予想でもしようとスポーツ新聞を開いても、目は活字に留まらなかった。ドアにもたれて、鈍色(にびいろ)の冬空を見上げた。ガラスに映りこむ顔は、てめえでも信じたくないくらい老けこんでいた。額は禿げ上がり、残る髪もほとんどは白くなった。このツラに一生つきあってくれと言われたら、ありがとうございますと承る女などいるはずはない。やはりどう考えても、純子は親父に懇願されて居場所を失ったのだろう。

一郎はトックリのセーターの襟を引き延ばして、たるんだ顎を被った。この紺色のセーターはともかくとして、フードに毛の付いたダウンコートというのは、紛れもない証拠に思えた。

なぜ親父に気を揉ませる前に、自分の口から言わなかったのだろうと一郎は悔やんだ。働き始めるとじきに、純子が明るくて気立てのいい女だということはわかった。惚れた腫れたの齢ではないけれど、半年の間ずっと幸せな気分だったのはたしかだ。

二人きりで川開きの花火を見に行った帰り、一郎は屋台のおでん屋で純子に愚痴を言った。

二十年前に一週間で嫁が逃げたこと。それがおそらく、手のこんだ美人局であったこと。以来、自分は女におじけづくようになって、持ちこまれる縁談も断り続けたこと。それでも親父があの齢になれば、できることなら安心させてやりたいと、たしかそこまでは口にしたはずだった。

もっとも、純子を雇い入れてからそれほど日は経っていないころのことで、とりあえず押しも引きもできる布石を打ったようなものだった。

できればあのとき、純子の愚痴を聞いてやればよかったと思う。どうして小さなバッグひとつを提げて街をさまよい、おちぶれた中華屋に救けを乞うたのか、その事情を聞き出しさえすればおそらく、純子は好むと好まざるとにかかわらず、居場所を定めねばならなくなったろうと思う。そして、その事情がどれほど難しいものであろうと、純子の人生を背負う覚悟はできていた。

やさしい女だと思った。自分の身の上は一言も語らず、一郎の愚痴をわがことのように受け止めて、涙ぐんでくれた。

（マスター、そんなことまで話してくれて、ありがとね。きっとそのうちいいこともあるよ。神様は不公平じゃないから）

さあ、おめえの番だぜ、と言おうとした気力は萎えてしまった。女の本物のやさしさが身にしみて、妙に満足してしまったのだった。あるいは、事情は何も知らぬがどのみち行くあてのない女だと、高を括っていたのかもしれない。

川開きの客をあてこんだ花川戸の店で、靴を買ってやった。店員も一郎も革のよそいきを勧めたのに、純子が選んだのは店先のワゴンに載った、安物のスニーカーだった。それでも帰るみちみち、純子は紙袋を提げずに、まるで宝物でも貰(もら)ったみたいに微笑(ほほえ)みながら胸に抱えていた。

純子という名も、鈴木という苗字(みょうじ)も、たぶん偽りだったろうと思う。鈴木純子――偽名というほど考えるいとまもなく、いかにもとっさに思いうかんだような名だった。結局、親父(おやじ)も一郎も純子の本当の名前を訊ねる勇気がなかった。幸せな時間が積み重なるうちに、純子が純子以外の誰かであることが怖くなったと言ったほうがいい。いちどだけ、親父が何かの拍子に里を訊ねたことがあった。そのとき純子は、やはり思いついたように、「札幌」と答えた。とっさに嘘とわかった。テレビの旅行番組を見ながら、親父が「死ぬまでに北海道に行ってみてえ」と呟(つぶや)き、一郎も「俺だって行ってねえ」と言い返したとき、純子はかたわらで茶を淹(い)れていた。つまり里を問われてそれ以上は訊ねようのない場所を、純子は答えたにちがいなかった。

言葉にはいくらか、東北の訛(なま)りがあったような気がする。

愚痴を聞くどころか、正体をあばいてはならぬというのが、親父と一郎の暗黙の協定になった。ともかく機嫌を損ねぬよう、居づらくならぬよう気を遣って、ひとつ屋根の下に暮らすという既成事実を積み上げてゆくというのが、口には出さぬ親子の基本方針となった。

寒々しい冬の街が車窓を流れ去って行く。大宮を過ぎてようやく、枯れた田園が拡がった。しばらく旅をせぬうちに、田畑はこんな遠くまで押しやられていた。

フードに毛の付いた、白いダウンコートを買って帰った日のことはよく覚えている。パチンコに行くと見せかけて、浅草でプレゼントを探した。仲見世の品物は安いが垢抜けぬように思え、松屋のブランドショップで、それこそ値札を一けたまちがえたのではないかと疑うほどの高級品を、悪いパチンコ台に嵌まったつもりで買った。

その晩、純子はプレゼントの包みを解いたなり、ほろほろと涙をこぼした。実はサイズをまちがえて指先まで袖に隠れていたのだけれど、一郎が取り替えてこようと言うと、純子は玩具を奪われる子供のように拒んだ。

（ハッピーバースデー。というより、ボーナスのかわりだ）

だが、純子がそのコートを着た姿は見たためしがなかった。出前に出るときも銭湯に行くときも、純子はおふくろのお下がりのジャンパーを着ていた。気に入らなかったのではなく、大切にしてくれていたのだと思う。

列車は関東平野を抜けて、上信国境の登りにさしかかったらしい。トンネルに入るたびに、一郎はてめえの顔を見つめて、命の腐るほどの溜息をついた。

軽井沢の駅頭には小雪が舞っていた。

たしか中学のスケート教室とやらで、いちどだけ訪れたことがあったはずだが、風景には何の記憶もなかった。こんなことさえなければ、たぶん永遠に縁のない土地なのだろう。

タクシーに乗ろうとして、貸自転車屋の看板が目に入った。警察官の口ぶりからするとさほど遠くはなさそうだが、あんがいタクシー代はかさむかもしれない。バス停まで歩いて行先を訊ねるのも面倒だった。

だが、そんなことは自転車を借りる理由にはなるまい。ロータリーをとぼとぼと歩きながら、一郎はこの思いつきを怪しんだ。つまり、行きたくないのだ。悪い結果を信じているわけではないが、頭とはうらはらに体が拒んでいた。

それともうひとつ、しばらく自転車を漕げば肚が定まるだろうと思った。新幹線の一時間はあまりにもあっけなくて、心構えが何もできていなかった。

車の運転免許はない。かわりに肌身離さず持っているのは健康保険証で、まさか病院と金貸しのほかに、これの使い途があるとは思ってもいなかった。保険証を提示して千円の代金を払うと、店員は警察までの道をていねいに教えてくれた。

国道ぞいだからわかりやすいけど、帰りは登りになるのでちょっときついですよと、店員は訝しむふうもなく言った。

漕ぎ出すとじきに後悔した。浅間おろしは安物のコートの懐をつき抜けたし、ハンドルを握る手がかじかんでしまった。雪はないが高原の道は凍りついていて、下り坂の国道は少しも気が抜けなかった。

それでも体を動かし始めると頭も働いて、じきに考えが定まった。電車賃と自転車代を捨てただけの話だ。人ちがいであれば、それに越したことはない。

もし純子だったら——半年だけアルバイトに雇い入れた、素性も知らぬ女。べつだん縁故の者というわけではなく、善意の協力者としてわざわざやってきた。けっして嘘ではあるまい。非人情でもなく、卑怯者でもないと思う。純子をかみさんにしたかったのはたしかだが、内心そう思っていただけで責任をとらねばならぬようなことは、何ひとつしていない。

ともかく親父のためにも、何とか食い凌いでいる昭和軒のためにも、善意の第三者としての姿勢を貫かねばならなかった。

国道の長い下り坂を走るうちに、冬空からふいに雲が払われて、午後の光を満身に浴びた浅間山が姿を現した。

いかにも土地柄にふさわしいモダンなデザインの警察署の玄関で、風体の良からぬ男が煙草を喫っていた。

風体の良からぬ男、というのはつまり、黒い別珍の上着に白のマフラーを巻いて、手首には黄金のブレスレットとロレックスをこれでもかと輝かせ、肩から革のトレンチコートをばさりと羽織った男である。

一瞬目が合ってしまった。なにしろ警察署の玄関なのだからべつに怯える必要もなかろうと気を取り直し、一郎も一服つけることにした。男が戸外の陽だまりで煙草を喫っているのは、建物の中が禁煙という意味である。

据えつけられた灰皿を挟んで煙草をくわえると、男が金のライターの火を差し向けた。

「あ、どうも」

この手合いは年齢不詳である。一郎よりいくつも若いとは思うのだが、自堕落に肥えた顔には妙な貫禄があって、おまけに短く刈りこんだ髪は金色に染められていた。

「もしかして、おたく、東京のラーメン屋さんやないですか」

意表を突かれて、一郎はハアと答えた。

「刑事さんですか」

「そんなわけないやろ。おたくとおんなし被害者や」

男の関西弁が癇(かん)に障(さわ)った。ここは警察の玄関だと思い直して、一郎も言葉づかいを改めた。

「何だよ、その被害者ってのは。俺ァ善意の第三者だぜ」

「ああ、そんなら俺もおんなしや。言い方が悪かったな。気にせんといてや、こっちも善意の第三者やさかい」

男は名刺を差し出した。むろん一郎は、そういう上等なものを持っていない。

「誤解せんといてや。京阪興業て、何やらコワモテのよやけど、うどん屋のおやじですねん。おまわりさんも顔をしかめはったけどな、前科(マエ)あらへんし、この面構(つらがま)えとセンスでずいぶん損してますのや」

「うどん屋、かよ」

「けったいな話やな。俺も今さっき駆けつけるまでは、おたくのことは何も聞かされてへんかった」

「わかんねえな。どういうことだ」

「おまわりさんがおたくの店に電話しいはってな。そしたら朝っぱらからこっちに向かったいうから、もう少しお待ち下さいやと。呑気な警察や」

話はいっこうに要領を得ないが、つまり関係者が揃うのを待って話をしよう、ということらしい。それほど待ちくたびれた様子もないから、男は同じ列車に乗っていたのかもしれなかった。

「すんませんね。ほんの思いつきで貸自転車なんかに乗ってきちまった」

乗り捨てた自転車に煙草の先を向けると、男はべつだんふしぎがるふうもなく、溜息のような煙を吐き出した。

「実は俺も、おんなしこと考えましてん。駅に降りたとたん、何やこう、足がすくんでもうた。よっぽどこのまま帰ろうかと思たんやけど、それも阿呆らしいやろ。おたくは近いからええな。俺は新幹線を乗り継ぎやし。まったく、えらい人騒がせなおなごや」

口に出かかった純子という名を、一郎はすんでのところで呑み下した。たとえ共通の知人であったとしても、男の知る純子は同じ名前ではないだろうと思った。

「で、下島さんとはどういう関係だったの」

名刺を改めながら一郎は訊ねた。

「どうもこうもありますかいな。雇うて下さいいうから雇うただけの話や。そのほかには何の関係もあらしまへん」

「へえ。こっちも似たようなもんだ。それ、いつの話なの」

「去年の正月明けですわ。おたく、先輩ですか」

「たぶんいくつも上だと思うけど」

「そやなくて——」

「ああ、先輩ね。そういう意味か。うちにはおととしの夏から去年の今ごろまで」

ははあ、と男は少し考えるふうをした。一郎も暦をたどった。純子は昭和軒を出た足で関西に向かい、下島のうどん屋に雇われたことになる。

「ちよ子は」と、ふいに見知らぬ名前を口にして、男はハッと気付いたように一郎の目を見た。

「安給料でよう働いてくれましてん。住むとこがないいうから、とりあえず俺のマンションの一部屋に住まわせましてな。いや、誤解せんといてや。俺はバクチが過ぎて女房子供には逃げられましてんけど、すっかり足を洗う(あろ)ていずれはよりを戻そう思てます。せやから、何もあらへん」

半分は嘘だろう。何もなかったという主張は信じるとしても、逃げた女房とよりを戻そうとしている男が、一つ家に女を住まわせるはずはなかろう。

疼くような嫉妬が胸にせり上がってきた。

「そうかい。俺は、あいつを女房にしてもいいと思ってたんだがな。だが、誤解してもらっちゃ困るぜ。店には住み込ませたけれど、どうこうなるほど若くはねえんだ。ただ、そう思っただけさ」

何が気に障ったのか、男はぷいと横を向いてしまった。

ともかくこのわずかな対話で、悪い結果にまちがいのないことだけはわかった。

「もうどうでもいいや」

「そやな。どうでもええですわ」

のどかな感じのする初老の警察官が、二人を署内に招き入れた。

正月そうそう、わざわざご足労いただきまして恐縮です。

さっそくですが、状況の説明をざっといたしましょうかね。ええと、昨年の十一月三十日午後二時三十分ごろ、千ヶ滝の山中で不動産会社の社員が縊死死体を発見、ただちに通報しました。つまり、首吊りですな。

司法解剖の結果、遺体は死後二ヵ月を経過しており、大変申し上げにくいことではありますが、まあいわゆる、腐乱死体です。

着衣はただいま係の者がお出ししています。どうぞお改め下さい。なにぶん長いこと放置されておりましたので汚れていますけど。

そのほかの遺留品はタバコと、昭和軒さんのマッチ。下島さんのお名刺ですね。コートのポケットに入っていたのですが、どちらもぼろぼろになっていまして、鑑定に少し時間がかかりました。個別にご連絡いたしましたのは、お二人のご関係がわからなかったものですから。どう見たところで覚悟の自殺ですが、いちおう事件性を視野に入れて事情をお訊きするのがきまりなので、そのようにさせていただきました。

いや、手が空き次第こちらから出向くつもりだったのですがね。お二方とも本日中にいらしていただけるとは思いませんでした。

ひとつご承知ねがいたいことがあるのですが。実は遺体の損傷が激しく、身元の割り出しも困難と判断いたしまして、十二月十日にこちらで処理させていただきました。写真だけは保管してありますが、ご覧になりますか。

そうですね。お身内じゃないんですから。あんまり気持ちのいいものでもないし。

では、遺体の処理については事後にご同意をいただいたということで。ああ、それもお身内じゃないんだから、同意の必要もないか。

お話はだいたいわかりました。お二方とも短期間の雇用関係にあったというだけで、何もご存じない、と。それでよろしいですね。のちほど個別に調書を作成いたしますから、目を通していただいたあと、ご署名と指印をお願いします。あ、判子(はんこ)は必要ありません。人差指の指印だけでけっこう。

それにしても、お二方ともご事情がよく似てらっしゃるので、正直のところびっくりしました。偶然にしてもふしぎです。こう言っちゃ失礼ですけど、なるべく目立たぬ場所の、目立たぬお店を選んだということでしょうな。結末を考えますと、わからんでもない。

東京では鈴木純子、大阪では佐藤ちよ子、ですか。捜索願の出されている失踪者の中にも、該当する名前はありませんしねえ。どちらも偽名ということでしょうな。

いずれにせよ、身元の割れるような所持品は一切処分してからの覚悟の自殺ですから、事件性がない限りあえて積極的に捜査をするというのも、何だかねえ。本人の遺志を尊重するのが、この際は正しい方法だと思います。

本人の遺志といえば、マッチと名刺ですな。すべてを捨ててもそれだけ持っていたということは、お二方には連絡して下さいという意思表示と判断してよろしいかと。

つまり、そのあたりを斟酌(しんしゃく)いたしまして、警察としてはとりあえずご連絡をさし上げたというわけです、他意は何もありません。ご了解いただけますね。

ええと、ただいま係が持ってきたのがご遺骨です。さて、どうしましょうか。お身内ではないけど、お知り合いの情でどちらかにお持ち帰り願えれば有難いんですけど。マッチと名刺はそういう意味じゃないかと思うんですよ。

ああ、やっぱりご無理ですか。むろん義務じゃなくって権利の問題ですから、ご無理ならいたしかたありません。こちらで処理いたしますので、のちほどその書類にもご署名をお願いします。

いいえ、署名には何の責任も付帯しません。立会人、というだけ。

どうなるかって――そりゃあ、お二人が関係ないとおっしゃるのなら、こちらでしばらく保管してから遺骨は無縁仏ということで処理するほかはありません。遺品もいずれ焼却するということです。

ではもういちど遺品の確認をいたします。

ダウンコート、一。色は白、フードに毛付き。紺色のセーター。ジーンズ。スニーカー。下着。ハンカチ。各一です。

銀製の指輪、一。左の人差指に着装。赤いバンダナ。これは発見時に髪をくっていたものです。

ほかの遺品はきれいさっぱりありません。現場周辺はむろんのこと、駅のコインロッカーや荷物預かり、ゴミ焼却場にも問い合わせました。

つまり、お二人にだけ連絡をしてほしい、それ以上は調べないでほしいという意味ですな。

いえいえ、無理強いをしているわけではありません。そりゃあ警察としてはですね、なるべく故人の遺志は尊重したいんですけど。無縁仏にするよりも、ご縁のあった方に引き取っていただいて捜査結了としたほうが、気持ちがすっきりするというだけ。

やっぱりご無理のようですな。

では、ご面倒でも個別に調書を作成いたしますので、もうしばらくご協力下さい。

いえ、それほど手間はおかけいたしません。日も短いですし。

やれやれ、せっかくのお正月を台なしにしてしまいましたね。人間がひとり死ぬというのは、大変なことです。

でも、純子さんだかちよ子さんだか、何よりも迷惑のかからぬ方法をお選びになったんだと思いますよ。自殺は珍しい話じゃないが、たいていは大騒ぎになりますからね。まあ、お二人もそう思ってあげて下さい。

たぶん、純子さんだかちよ子さんだかも、お二人には感謝してらっしゃるでしょう。

自殺はほめた話じゃないが、それくらい誠実に、精いっぱい生きた結果なのだと思ってあげましょうよ。

悪い人間じゃなかったな、きっと。もしかしたら、天使みたいな人だったんじゃないかね。

どうか迷惑だとは思わんでやって下さい。正月そうそう、善行を積んだとね。では、改めてご協力に感謝いたします。ご苦労様でした。

「天使、いうのはわからんでもないわ」

国道の登り坂に長く倒れる影を踏みながら、下島がしみじみと言った。

「たしかに、わからんでもねえ」

自転車を押しながら一郎も答えた。

調書の作成はあんがい手間がかかった。まるで放免になった気分で警察署を出たのは、夕陽が浅間山の肩に沈みかかる時刻である。

タクシーを呼びましょうかと警官は言ったが、下島はさっさと歩き出した。

冬枯れた高原は、赤い紗(しゃ)をかけたような夕陽のいろに染まっていた。ときおり顔に散りかかるのは雪ではなく、硬い氷のかけらだった。

「ご協力、感謝しますか。そんなら足代ぐらい出してくれてもよさそなもんや」

「その辺は身内ってことだな。だから足代は自前なんだ」

事情聴取は小さな取調室で、べつべつに行われた。だから、あれからの純子についてはまだ何も知らない。東京までのみちみち、話題にするべきかどうか一郎は迷った。知りたくもあり、知りたくもなしというのは下島も同じ気分だろう。

「どうしてまた軽井沢なんやろ」

「何となく幸せな感じがするからだろ」

ああと息をついて、下島は答えに詰まったふうをした。一郎のひとことがひどく応(こた)えたように見えた。

「そや、電話せな」

歩きながら下島は携帯電話を取り出した。くすぶったうどん屋のおやじらしいが、俺よりはいくらかましなのだろうと一郎は思った。電話機を持ち歩く分だけ、世間とつながっている。

「おふくろや」

意味不明の言いわけをして、下島は電話機を耳に当てた。

「ああ、おかあちゃん。人ちがいやったわ。ちよ子とは似ても似つかへんばあさんや。

まったく人騒がせな話やったなあ。今日中に帰るさかい、駅弁でも買うてくわ。テレビ見て待っとき。腹へったら、そこらのもの食うときや」

やはり純子のことを話題にするのはよそうと一郎は思った。

「うちとこのばばあ、八十四ですねん。兄貴も姉貴もとっとと家を出てきましてな。俺が逃げ遅れて、ばばあの面倒見とんのやけど、嫁とそりが合わへんかった」

「お子さんは」

「うどん屋のおやじが育てるより、よっぽどましやった。同志社に行ってますねん。ときどき小遣せびりにきます」

やはり自分よりいくらかましだ。新幹線の中では、金杯の予想でもするほかはあるめえと一郎は思った。

「電話、貸してくれ。俺も嘘をつかなきゃ」

下島は立ち止まって電話機の操作を教えてくれた。

昭和軒のピンク電話が鳴る。あわてるな、親父。階段を踏みはずしたって救けはいねえぞ。

(はあい、昭和軒です)

「オレ。まさか店開けてんじゃねえだろうな」

（開けてねえよ）

「ならいいけどよ。こっちは大した事故じゃなかった。ダチが何人か集まったんで、お騒がせついでの同窓会をやってた」

（そうかい。そいつァ何よりだった）

たぶん親父は、嘘に気付いている。だが、何を訊かれようとくたばるまで嘘をつき続けてやろう。

「駅弁でも買って帰るからよ。じゃあな」

電話機を受け取ると、下島はやりきれんというふうに早足になった。すぼんだ背中を見ながら、しばらく自転車を押した。路上の影はいよいよ長く、あたりは秋景色かと見まごうほどに、いっそう赤みを増した。

純子が最後に見た風景は、本物の秋の錦(にしき)だったのだろう。人はみなあいつを捨ててしまったけれど、神様だけは見捨てずに、力いっぱいのきれいな景色を見せてくれたはずだ。

「乗ってけ、下島さん」

一郎は自転車を漕(こ)ぎ出して、下島に並びかけた。

「おまわりに捕まるで」

「感謝してたんだから、見逃してくれるさ」

「それもそやな。痔が悪いさかい、ゆっくり行ってや」

下島は荷台に跨って、一郎の腰を摑んだ。

「あの指輪な、去年の誕生日に俺がプレゼントしたんや。よっぽどもろて帰ろ思たけど、おふくろに見せられへんし」

ダウンコートもトックリのセーターもスニーカーも、口に出す勇気はなかった。指輪はどう見ても安物だったから、俺の勝ちだと、一郎は妙な得心をした。

「誕生日って、覚えてるか」

「ああ。七月七日のたなばたさんや」

全然ちがう。だが、一郎の苦笑はすぐに凍えてしまった。ダウンコートを受け取ったときの純子の涙は、嘘に真心で報いられた、悔悟の嘆きだった。あいつのことは何ひとつ知らなかった。

なぜ嘘をついた、と一郎は胸の中で叱った。余分なことは言わなくてもいいが、嘘さえつかなければ純子は幸せになったはずだった。

たなばたさんでもねえよ、と言おうとして、一郎は唇を嚙みしめた。

おめえ、花火の晩に言ったじゃねえか、きっとそのうちいいこともあるよって。神様は不公平じゃねえからって。どうして他人には言えるのに、てめえは信じられなかったんだ。俺じゃなくたってよかった。このうどん屋のおっさんでも、よその誰でも、おめえが背中を向けさえしなけりゃ幸せになれたんだ。

「こんちくしょう！」

一郎はサドルから腰を浮かせて、やみくもに自転車を漕いだ。

「あっつっつ、勘弁してえな。痔が」

「ケツが痛えの腹が痛えのは、生きてる証拠じゃねえか」

「いてっ、涙が出る」

つまらぬ言いわけをして、下島はぐずぐずと泣き始めた。

峠の夕空に、赤い尾を曳いて飛行機が飛んでいた。くれないの衣をなびかせて天使が空に帰るのだと、一郎は思うことにした。

どうやら、あいつに惚れていたらしい。そう気付いたとたん、親父とおふくろにとんでもない不孝をかけたような気になって、一郎もぐずぐずと泣いた。

夕映えの天使は、昏れなずむ冬空にいつまでも消えない。

切符

物干しから眺める夕まぐれの景色が好きだった。

恵比寿の町を縁取るように、小高い丘が繞っている。西は渋谷の高台から続く代官山の森で、電車通りを隔てたあたりは防衛庁の広い敷地だった。そこは少し前まで進駐軍が接収しており、兵隊の姿はもうなかったが、町なかの中古家具屋やネオン管のまたたく酒場の窓などには、まだ彼らの残り香が感じられた。

山手線の高架を挟んだ東側はビール工場の丘で、五時のサイレンが谺すると百を算える間に、四本の煙突から昇り続けていた煙が嘘のように止まった。

この景色に較べれば、広志が生まれ育った駒沢の町は味気なかった。お屋敷町は日がなしんと静まり返っており、生活の匂いがなかった。だから広志は、祖父に引き取られて恵比寿の町に暮らし始めたとき、それまでは意にとめなかった幸福を感じた。

いや、正しくは幸せだと思うことにした。

学校から帰るとランドセルを放り投げて、まず物干しに上がる。暑いうちは夕涼みがてら、林檎(りんご)箱を机にして宿題をおえてしまうこともあった。

東の空からゆっくりと、夜のしじまの忍び寄る様子も、広志はこの町にきて初めて見た。祖父の家は明治通りの電車道から広尾の丘に駆け登る途中にあった。

ビール工場の煙突が煙を止めると、じきに職工の群が溢(あふ)れ出て、駅まで蟻(あり)のような行列を作る。やがて駅前に建ち始めたビルの工事現場も槌音(つちおと)を止める。駅の南側にある市場だけが、煌々(こうこう)と灯りを盛り上げる。

家のすぐ裏手の広場では、同級生が日の落ちきるまでソフトボールをしているのだが、転校生の広志が誘われたことはなかった。べつに仲間はずれにされているわけではなく、人数がひとりでも増えればそのぶん打席が減ってしまうから、誰も誘おうとはしないのである。友人たちの悪意を感ずることはなかった。

「風邪ひいちゃうよ、ヒロシくん」

八千代さんが二階の窓から手すりを乗り越えて、物干しに上がってきた。甘い匂いのする綿入れを広志の背に被(かぶ)せ、頭を撫(な)でてくれる。

祖父は二階の間借り人が勝手に物干しを使っていることに不満があるらしいが、面と向かって文句は言わない。

「ヒロシくんは、みんなと一緒に遊ばないの」

洗濯物を取りこみながら、八千代さんはいつも同じことを訊く。

「お留守番をしてなきゃなんないんです」

「ずっと物干しにいたんじゃ、お留守番にならないじゃないの。電話にも出られないし、泥棒が入ったってわからないわ」

四畳半一間の所帯に、よくもそんなに仕事があるものだと怪しむほど、八千代さんは一日じゅう立ち働いている。母よりはずっと若いけれど、姉というほどの齢ではなかった。いつも糊の利いた白いブラウスを着て、エプロンをかけていた。毎夜寝押しをしているのだろうか、プリーツスカートの襞が折紙のように尖っている。

たぶん、二十五か六。女の人の齢はわからないけれど。

「ひとつ聞いていいかな」と、八千代さんは金盥に洗濯物を畳み入れながら訊ねた。

「ヒロシくんのおとうさんとおかあさんは、どこにいるのかな」

広志は少し考えねばならなかった。他人さんに家のことを訊かれても、滅多なことは言うんじゃねえぞと、祖父から釘を刺されていた。祖父と孫が二人きりで暮らしている事情である。たしかに他人に言えた話ではないが、一つ屋根の下に生活している八千代さんが他人といえるのかどうか、そのあたりは難しい。

嘘のつきかたがわからずに、広志はありのままを答えた。

「離婚しちゃったみたい」

ふと、八千代さんの手が止まった。

「あら、まあ。やっぱりそういうことだったのね」

「やっぱり、って」

「いえね、お仕事の都合で遠いところに行ってるって、おじいちゃんはおっしゃってたから。でも、変よね。小学生の子供を置いてくわけないもの」

「おじいちゃんには黙ってて下さい。叱られるから」

「もちろんよ。悪いこと聞いちゃったみたいね」

「ほんとだから、仕方ないです」

秋空は急に昏れて、夕星が瞬き始めた。祖父が言うほど恥だとは思わないが、大好きな八千代さんに秘密を知られてしまったことが、広志は恥ずかしくてならなかった。

「おじいちゃんは、どっちのおじいちゃんかしら」

「おとうさんのほうです」

「じゃあ、おとうさんは一緒に住めばいいのにね」

「ええと」と、広志は言葉を選んだ。ここまでしゃべってしまったのだから、隠しごとをするのはかえって後生の悪い気がした。

「八千代さん、誰にも言わないよね」

「言わないわよ」

「おじさんにも」

「うん。おじさんにも」

ビール工場に勤めている八千代さんの亭主を、広志はあまり好きではなかった。

「おとうさんは再婚しちゃったんです。ほかにおうちがあるから、僕とは住めないの」

小さな溜息(ためいき)をついたきり、八千代さんはその先を訊いてはくれなかった。広志は勝手に話した。

「おかあさんも、こないだ結婚したって」

「何でヒロシくんがそんなことまで知ってるのよ」

と、八千代さんは腹立たしげな言い方をした。

「おじいちゃんが言ってた」

「やれやれ。子供に聞かせる話じゃあるまいにねえ」

そういうものだろうか。父母の行方が謎(なぞ)に包まれているよりも、よほど始末がよかろうと広志は思う。

夏休みの終りの一日を、母と後楽園の遊園地で過ごした。母からの電話は祖父がにべもなく切ってしまうから、行ってこいという祖父の許しは意外だった。

母とは恵比寿の改札で別れた。家に戻ったとたん、祖父は向こう火鉢に広志を座らせて、怖いことを言ったのだった。話し始める前に、祖父は火のない火鉢の灰をしきりに掻いた。傲岸一徹の祖父に似合わぬとまどいだった。

おめえのおやじはろくでなしで、商売をつぶして借金をこさえたうえに、女と逃げァがった。女手ひとつでガキを育てるのァ大変だろうから、じいちゃんが面倒を見ることにしたんだが、今度はそのおふくろに男ができたとよ。所帯を持つからおめえを欲しいと言って来ァがったが、いくら何だってそいつァ虫のいい話だ。おめえはおふくろが恋しかろうが、それじゃあ家が絶えちまうじゃあねえか。それに、先さんがどんな野郎かは知らねえが、なさぬ仲の親子がうまく行くってえことはまずねえ。で、じいちゃんはおやじもおふくろも死んだものだと思って、おめえと二人で生きてく肚を決めた。おめえには文句もあろうが、文句なら一丁前になってからいくらでも言え。今は了簡せえ――。

「知らないより、知ってたほうがいいよ」

色づいた欅の葉を騒がせて風が渡り、広志は綿入れの襟をかき合わせた。

「八千代さんは、まだおかあさんにならないんですか」

明るい話題に振りかえたつもりだったが、答えは返ってこなかった。

「そろそろおじいちゃんが帰ってくるわ。お留守番してなけりゃ叱られちゃうよ」

もう一度、笑って広志の頭を撫で、八千代さんは手すりを跨いで部屋に戻ってしまった。

四畳半の裸電球が灯もると、祖父の丹精こめた菊の鉢が物干しの闇に咲いた。

すっかり日が昏れてから、祖父は新聞紙にくるんだ夕飯のおかずを抱えて帰ってきた。

酒は好きだが、外で飲んでくることはなかった。義足の軋む音で、祖父の帰りは知れた。

「ごはん、炊けてるよ」

玄関で往生しながら靴を脱ぐ祖父の背に、広志は語りかけた。

「おつゆも作った」

褒められると思いきや、祖父は憮然として靴を投げ置いた。

「余計なことするんじゃあねえ」

なぜ叱られるのかがわからずに、広志は悲しい気分になった。ご飯の炊き方は八千代さんが教えてくれた。物干しから台所を覗いているうちに、「おじいちゃんをびっくりさせてやりな」と、手招いてくれたのだった。

お米は押すように研いで、ガスの火加減は「始めチョロチョロ、中パッパ」、広志が泣いても蓋は取っちゃいけないそうだ。吹きこぼれがなくなったら火を細くして、少し香ばしい匂いのしたあたりが丁度いい。

おつゆの面倒は、だしを取ることだけで、それさえできればこんなに簡単なものはない。

「どうしてさ」と、広志は祖父に抗った。

「どうもこうもねえ。男が台所に立っちゃならねえ」

「おじいちゃんも男じゃないか」

「じいちゃんはとうに男なんざやめちまったい。ばあさんが死んでからこっちは、男でも女でもねえんだ」

「五年生からは家庭科で教わるよ」

え、と祖父は驚くふうをした。

「男も、か」

「そうだよ。来年からは学校で教わるんだから、そんなこと言っちゃいられないじゃないか」

やれやれ、と祖父は痩せた背を丸め、「くだらねえ世の中になったもんだ」と、また広志のわからぬことを言った。

夕食のおかずは市場の肉屋のカツで、並は一枚三十円だが、祖父は必ず五十円の上物を買ってきた。たまにはコロッケやメンチカツを食べたいと思っても、祖父が買ってくることはなかった。

まめなうえに手先の器用な祖父は、怖いくらいよく切れる包丁で、糸のようなキャベツの千切りを作った。叱言を言ったものの、あんがい嬉しそうに釜の中を覗き、朝でもないのに神棚と仏壇に炊きたての飯を供えた。

「ヒロの炊いた飯だと聞きァ、あの世のばばあも目を回すぜ」

年季の入った箱火鉢に丸いちゃぶ台を並べ、夕飯を食う。祖父は飯の前に二合の燗酒を飲むから、広志はよほどゆっくりと食事をしなければならなかった。こんなとき、テレビさえあれば間が持つのに、と思う。

「オリンピックは、テレビで見たいな」

「そこいらでやるんだから、見に行きゃいいじゃねえか」

「テレビのほうがよく見えるよ」

「横着を言うな。本物を見たほうがいいに決まってら」

「前売切符は、みんな売り切れだってさ」

ふうん、と返す理屈に困って、祖父はしばらく神棚のお灯明を見上げていた。それから、思いついたように箸の先で茶碗を叩いた。

「マラソンなら切符はいるめえ。甲州街道につっ立っていりゃあ、ただで見られる。ほら、何てったっけ、ローマで一等になったあの黒いの」

「アベベ」

「そう。アベベだかアベコベだか知らねえが、あの野郎はすげえ。何たって裸足の一等だ。あいつがまた一等になるに決まってんだから、声出して応援してやらにゃあ嘘だ」

祖父は口数が多いほうではないが、けっして口下手ではない。

いつであったか駒沢の家にやってきて、オリンピックをやるんだからこちとら体がいくつあっても足らねえ、と意気ごんでいたのだが、べつだん仕事が忙しくなった様子はなかった。新しく建つのはコンクリのビルディングばかりで、建具屋の出番はないのだそうだ。

もとは大工だった。口癖によると、「ヒリッピンにかたっぽのあんよを置いてきちまった」から、足場に登れなくなった。それで、出来上がった家に欄間を吊ったり、床を調えたりする建具屋になった。

しかし、家の二階を改築したのは祖父の手仕事である。梯子段をはずしてそのまま路地の外階段に架け、木が腐らぬようにスレートの被いをした。ぶち抜いた二階の壁には立派なドアが作りつけられて、誰が見ても元からそういう造作だったとしか思えぬ出来映えだった。梯子段をはずしたあとには粋な網代格子の天井板を張り、昔の家よりもかえって体裁がよくなったほどである。

広志が駒沢の家から引越してきた何日か後に、周旋屋が間借人を連れてやってきた。亭主は野村さんといって、ビール工場の職工だった。新婚の所帯に、勤め先まで歩いて通えるアパートを探していたのだった。八千代さんとはずいぶん齢が離れているように見えた。

「ところでおめえ、飯の炊き方は誰に教わったんだ」

祖父は肘を張って盃をあけながら、訝しげに言った。

「おかあさん」

「そうかい。顔に嘘が書(け)えてあるぜ」

「二階のおばさん」

「そんなところだろう。へたな嘘をつくぐれえなら、はなっから正直に言え。べつに隠すことでもあるめえ」

「だって、おじいちゃんは二階のおじさんとおばさんのこと、嫌いだろう」

「嫌いじゃあねえさ。家賃もらってんだから、好きも嫌いもあんめえ」

そうは言っても、祖父が二階の夫婦を邪慳(じゃけん)にしていることは明らかだった。足音がやかましいと言っては怒鳴りこみ、夜の七時を過ぎれば呼出しの電話も取り次がなかった。虫の居所の悪いときは、挨拶(あいさつ)をされても聞こえぬふりをした。

「今年の運動会は、オリンピックが終わってからだってさ」

「先にやっちまえばいいのにな。寒くなっちまうじゃねえか」

「オリンピックを見たあとのほうが、みんなやる気になるからだって」

「おふくろ、呼ぶか」

「いいよ。夏休みに会ったときも、いいよって言っといた。おじいちゃんがきてよ」

「じいちゃんは使い物になんねえぞ」

「使い物、って」

「ほれ、おやじやおふくろが駆けっこしたり、綱引きしたりするじゃねえか。じいちゃんのこの足じゃあ、何もできめえ」

「そんなのいいよ。お弁当も作らないでいいから。武蔵屋さんのお稲荷さん買ってけばいい」

「風呂行ってこい」

と、祖父はぶっきらぼうに言った。

不自由な体を恥じて、祖父は銭湯に行かなかった。小さな裏庭に盥を出して湯を張り、しゃぼんまるけになって行水をした。上がり湯のかわりに、井戸の冷や水を頭から浴びた。

「寒くなっても、お風呂には行かないの」

「じいちゃんは風邪をひいたためしがねえ」

「心臓マヒ」

「それもやったためしがねえ」

二本の徳利があくのを待って、広志は風呂の仕度をした。

いずれ都電の廃止が決まった電車通りは、何となく間が抜けている。

用なしになる線路が街灯の灯を映して、水銀のように輝いていた。都電は交通の邪魔になるそうだが、増発されたバスのほうがよっぽど危いと広志は思う。排気ガスは出さないし、運賃は安いし、酔うこともない。オリンピックはことのついでに、いいものまでなくしてしまうのではないかと思う。

風呂屋に行く途中の通りぞいには簡易裁判所があって、門の前に電話ボックスが灯をともしている。そこを通るたびに、お財布の中に隠してある母の電話番号が気にかかって仕様がない。遊園地の帰りに恵比寿の改札で別れたとき、母は切符の裏に電話番号を書いて、お小遣と一緒に渡してくれた。

どうやって電車を降りたのだろうと思う。厚い切符の裏側に、母はハンドバッグから取り出した口紅の先で、電話番号を書いたのだった。

電話をかければ、祖父を裏切るような気がする。ましてや母ではない誰かが電話に出たら、どうしようと思う。信じてはいないがおろそかにもできぬ呪符を持たされてしまったようなものだった。

切符には八月三十一日という日付も刻印されていた。その日はたぶん、一生の記念日になるのだろうと思う。こんなものさえ貰わなければ、忘れてしまえる日なのに。

数字を書き殴った口紅は真赤で、駒沢の家にいたころの母は、そんな色の紅をさしていなかった。

もうひとつ、悩まされることがあった。切符は水道橋から吉祥寺(きちじょうじ)までのもので、母は遠回りをして恵比寿の駅まで広志を送ってくれたのだった。そして自分の切符に、口紅で電話番号を書いて渡した。

母は吉祥寺という町に住んでいるのだろう。それからも何度か駅に行って、出札口の上に掲げられた路線図を見上げた。新宿から中央線で八つ目。遠いところだ。

ときどき電話してね、と母は言った。だが切符の裏に、見知らぬ男の人と住んでいる町の名が書いてあるのだから、おじいちゃんを裏切っておかあさんのところへいらっしゃい、という暗号のようにも思えた。

そんなことはできるわけがない。

「ヒロシくん」

八千代さんが裁判所の門の前に蹲(うずくま)っていた。電話ボックスの中には野村さんがいる。

「お風呂屋さん、行くの?」

八千代さんは洗面器の中からタオルを出して顔を拭(ぬぐ)った。

「帰りですか」

「うん、これから。おじさん、ややこしい長電話してるの」

「けんかしたんですか」

「べつに」と、八千代さんはそらとぼけたが、泣いていたのはたしかだった。

野村さんの大声が電話ボックスをつき抜けてくる。

「先に行こうか、ヒロシくん」

八千代さんは広志の掌(て)を握って立ち上がった。細くて柔らかくて、花みたいなてのひら。

(さきに、いってる)

と、声に出さずにガラスごしに言って、八千代さんは歩き出した。野村さんははっとした顔で受話器を被い、わかったというふうに肯(うなず)いた。

風呂屋の前まできたころ、「ヤッちゃん、ヤッちゃん」と名を呼びながら、野村さんが追ってきた。

「十円玉がなくなった。まあ、ちょうどいいけどな」

野村さんと一緒に風呂に入りたくはなかった。話の種もないし、それにたぶん、野村さんは子供が好きではない。

「ヒロシくん、おじさんと入る、それともおばさんと入る？」

厳しい選択をしなければならなかった。野村さんは苦手だけれど、女湯に入るのも恥ずかしい。

「十九番のあいてるほうにする」

「何よ、それ」

「南海ホークスの野村」

八千代さんには通じなかったが、野村さんは声を立てて笑った。

銭湯の下足札は背番号の人気の順に使われてしまう。王と長嶋の一番と三番はあいていたためしがないし、金田の三十四番もたいてい塞がっているが、野村克也の十九番は下足箱の一番下にあるせいもあって、広志の専用だった。

でも良く考えてみれば、背番号の下足札を奪い合う習慣が、女湯にあるわけはない。

「十九番、あった」

男湯の札もあいていたが、広志は迷いもせずに女湯の下足箱に運動靴を放りこんだ。引戸をあけると、男湯とはちがう匂いが広志をおし包んだ。銭湯通いは恵比寿に越してきてからで、むろん女湯に入るのは生まれて始めてである。

「おばさんと一緒なんですけど、いいですか」

番台のおやじに、いちおう訊ねてみた。

「いいかって、かまわねえよ」

「男だけど」

「まだ男じゃねえだろ。ちんちんに毛が生えたらだめだ」

笑いながら横あいから手を出して、八千代さんが風呂銭を払ってくれた。

「洗髪します」と言って、十円を余分に払う。

八千代さんは男みたいに髪が短いのに、洗髪代を払わされるのは気の毒だと広志は思った。近ごろではもっと髪の長い男が大勢いる。

「あいすんませんねえ。ビートルズからは銭を取らねえのに、ヘップバーンからは洗髪代をいただくって、組合のお定めなもんでね」

番台のおやじは気の利いたお愛想を言った。

この夏に風呂屋が改装されたのも、オリンピックのせいだろうか。洗い場にはひとつずつシャワーが付いて、鍵のかかるロッカーも作られた。

「ロッカーも十九番」

身の丈ほどもある二段ロッカーをぐるりとめぐって、広志は立ちすくんだ。同じクラスの千香子が、素裸のままきょとんと目を瞠いていた。

「おばさんと一緒だよ」

言いわけはほかに思いつかない。

「おばさん、って」

「二階のおばさん。学校で言わないで」

「言っちゃう。ヒロシのエッチ。女湯に入ってたって」

「だったら僕も、チカちゃんとお風呂に入ったって言う」

これこれ、と千香子の母が蛸のような乳房を揺らしながら風呂から出てきた。

「なに色気づいたこと言ってんだい。見たの見ねえのなんて十年早い。風邪ひくよ」

こんばんは、とお辞儀をすると、千香子の母親は大きな掌で頭を撫でてくれた。

湯舟に浸って、八千代さんが入ってくるのを待った。千香子の裸や、ほかの女の人の体はどうとも思わぬのに、服を脱いだ八千代さんが気になるのはなぜだろう。

思いがけないほどほっそりとした白い体が湯気の中に現われたとき、広志の胸の鼓動はかえって静まってしまった。それくらい八千代さんはきれいだった。

ヘップバーンをよくは知らないけれど、八千代さんには負けるだろうと広志は思った。

「さっき、泣いてたよね」

湯舟の中に肩を並べて、間を繕えずに広志は訊ねた。

「ちょっとね」

「やっぱり、おじさんとけんかしたんだ」

「けんかじゃないわよ。けんかにもならないの」

「泣いちゃだめだよ」

「ヒロシくんだって泣くでしょ」

「あんまり泣かない。八千代さんが泣くのはいやだよ」

何が気に障（さわ）ったのか、八千代さんは背を向けてしまった。

ふいに、つき上げるような悲しみが胸を被（おお）って、広志は煙抜きの天井を見上げた。

あくる日の土曜の午後、広志は思い立って千香子の家を訪ねた。

きのうのことを誰かにばらしやすまいかと、教室ではずっと目配せを送っていた。たぶん口にしてはいないのだろうが、千香子の知らん顔はいかにも広志の弱みを握っているというふうに見えた。脅したりいじめたりするのは性分ではないから、この際は仲良くなるほかはないと思った。親友ならばめったなことは言わないだろう。

千香子の家はガードの脇（わき）の焼芋屋だ。まるで終戦直後のようなバラックが犇（ひし）めいていて、リヤカーや犬小屋やさまざまのガラクタが線路ぎわの道路に溢（あふ）れ出ているただなかに、ほんの一畳ばかりの店があった。看板も何もない店先に焼芋の大きな壺(つぼ)が置いてあり、太った母親がいつも暇そうに座っていた。

千香子には父がいなかった。

「チーカーちゃん」

母親と目が合ってしまってから、広志は気を付けをして千香子の名を呼んだ。

「はーあーい」

店の隣のガラクタの奥から、くぐもった声が返ってきた。母親は丸い顔をほころばせてにっこりと笑い、すぐに週刊誌に目を戻してしまった。無愛想な人だなと思ったが、あれこれ世話を焼きたがるよその親よりはずっといい。

千香子が出てくるまで、広志は高架線の煉瓦(れんが)に背をもたせて、ふしぎな町の一角を眺めた。そのあたりには高い建物も木もなく、晴れ上がった空がのしかかるようだった。オリンピックに浮かれ上がる世間とは、ここだけが無縁であるように見えた。

長い髪をうなじに束ねながら千香子が出てきた。体は小さいのに、おしゃまなしぐさは一人前で、クラスの男子にも人気がある。千香子はまるで広志がくることを予期していたかのように、小ぎれいななりをしてバラックの奥から駆け出てきた。

「お芋、食べるかい」と、母親が広志に向かって言った。

「いいです。おやつ食べてきたから」

焼芋を貰うと千香子にまたひとつ借りを作るような気がした。手をつないで、二人は行くあてもなく歩き出した。

ともかく仲良しにならねばならない。それは二人きりの時間を一秒でも多く持つことで、べつに何をする必要もなかった。

ガードの下に入って、千香子はふいに立ち止まった。

「電車、くるよ。貨物がくる」

「どうして貨物だってわかるのさ」

「山手線はコトコト。貨物はカタンコトン」

生まれたときから列車の音を聞き続けている千香子には、そんなことまでわかるのだろうか。低い線路のすきまを見上げていると、たしかに車輪の音が近付いてきた。

「ヒロシくんのおじいちゃん、いつもここで一休みしてるんだよ。こうやって」

千香子は湿った煉瓦の壁によりかかって、片足を宙に浮かせた。

長く歩くことのできぬ祖父は、駅までの道すがらここで息を入れるのだろうか。無意味なチラシがみっしりと貼り重ねられた向かいの壁を見つめるうちに、ままならぬ義足を地面から浮かせて、じっと痛みに耐える祖父の姿が思いうかんだ。貨物列車が来た。壁を揺るがせ、世界中の音という音を奪いながら、長い貨車が頭上を過ぎる。

「ヒロシくんのおじいちゃん――」

かろうじて千香子の声が聞こえる。

「何だよ」

「シマツヤさん」

「え？――聞こえない」

「シ、マ、ツ、ヤ、さん」

「た、て、ぐ、や」

「そうじゃなくって、シマツヤさんなんだって」

祖父の職業が、あらぬ誤解を受けているような気がして、広志は大声をあげた。

「建具屋だよ。昔は大工さんだったんだけど、ヒリッピンにかたっぽの足を置いてきちゃったから、建具屋になったんだよ。足場に登れなくなったんだ」

「でも、ほんとはシマツヤなんだって、みんなが言ってるよ」

「ちがうって。何だよ、それ」

「知らない。うちの近所にも、ときどきシマッをしにくる」

「だからァ、何なんだよ、それ」

「知らないってば。みんながそう言ってるだけ」

列車が通り過ぎると、ガード下は安閑とした縞(しま)紋様に彩(いろど)られた。枕木(まくらぎ)のすきまの空はあんなに青いのに、その青みが地面に映らないのはどうしてだろうと広志は思った。

力が抜けてしまったのは、大声を出したせいではなかった。知ってはいけないことを、千香子の口から聞いてしまったような気がした。

それから広志は、千香子の手を引いて市場に行き、コロッケを二つ買った。「焼芋よりおいしいね」と千香子は笑った。

「きのうのことなら、誰にも言わないよ」

駅の雑踏に屈(かが)みこんで、千香子はずっと心がかりだったことをようやく言うように、そっと耳打ちしてくれた。

「ほんとに?」

「ほんとよ。約束する。そのかわり――」

と、千香子は立ち上がると、大人びたしぐさで髪を結び直した。

「あたしの秘密も、ヒロシくんにだけ教えてあげる。誰にも言わないって、約束してね」

広志が肯く（うなず）と、千香子は伝言板の隅にしっかりとしたチョークの字を書いた。

「何それ。季節の季」

「ちがうわ。一本足んない。あたしのほんとの苗字（みょうじ）」

「どうしてそれが秘密なのさ」

「言っちゃいけないって。言うといじめられるんだって。ヒロシくんはいじめないから」

掌ですばやく字を消し去ると、千香子は何ごともなかったようにまたしゃがみこんだ。

「ヒロシくんは、大きくなったら何になるの」

「宇宙飛行士」

そんなことは考えたためしもなかった。ガード下から見た空の青さが胸に灼（や）きついていた。空のいろがコンクリートの地面に映らないのは、おかしいと思う。もしかしたら世の中のすべての色は目の錯覚で、世界は古い映画のように黒と白だけでできているのではないかと、広志は疑い始めていた。

だから、ソ連の宇宙飛行士の言った言葉を信じたかった。地球が青い星であることを、自分の目で確かめたいと思った。

「僕ね、何がなんだかわからなくなっちゃった。僕ね——」

どうしていいかわからないんだよ、という言葉を、広志はかろうじて呑み下した。それを口にしたら、宇宙飛行士どころか大人の男になれないような気がした。

路線図を見上げる。あの日、切符のないおかあさんは、どうやって家に帰ったのだろう。

吉祥寺は宇宙の涯てより遠い。

「ねえ、おじいちゃん。シマツヤって、なに」

食事をしながらさりげなく訊いたとたん、盃を持つ祖父の手が止まった。

「松屋か松坂屋の親類じゃあねえのか」

「それはデパートだろ。そうじゃなくって、おじいちゃんの仕事はシマツヤなんだって」

「誰が言いやがった」

「ともだち。名前は言えない」

祖父は黙りこくってしまった。秘密に踏みこんでしまったことを、広志は悔やんだ。常にない荒々しさで盃をあけ、広志の食事が終わらぬ前に、祖父は箸を置いた。

「やれやれ。おめえには何の関係もねえ話だけど、訊かれて答えねえのもうまかねえよな」

襟首にかけた紐を着物の胸にたぐり寄せ、古ぼけた巾着から鍵を取り出す。唸り声をあげて不自由な体をねじると、祖父は箱火鉢のひきだしを開けた。

「ぼちぼち火を入れるか」

「まだ寒くないよ」

茶碗をちゃぶ台の隅に寄せ、祖父は唐草紋様の風呂敷を拡げた。赤鉛筆で小さな◯や×をたくさん書きこんだ古地図と、革の表紙をかけた分厚いノートが姿を現した。

「ヒリッピン」

「そうさ。ヒリッピンのレイテってえ島だ」

「片っぽのあんよを置いてきちゃったんだろ」

「ああ。だが、じいちゃんはもっと大切なものを、たくさん置いてきちまった。取りに帰りてえんだけど、足もねえ、おあしもねえ」

マッカーサー元帥と同じ工兵だったのだと、祖父は少し誇らしげに言った。大工は職人だから、たいていは工兵になったのだそうだ。

「一連隊と一緒になって、ヒリッピンに行った。檜町(ひのき)の一連隊はここいらの幼なじみも大勢いて、みんなして六本木の十文字を行進して、ヒリッピンに行ったんだ。そんでな、みいんな死んじまった」

祖父は節の太い職人の指で、ノートをぱらぱらとめくった。

「どこでどう死んじまったか、わかってるやつもいるし、わからんやつもいる。そんでも足を棒にして二十年も歩き回りゃ、生き残りの口からいくらかはわかってくるもんだ」

「そんなこと調べて、どうするのさ」

「香典と線香をあげてくる」

怒りとも焦(じ)れともつかぬ思いが、広志の髪の根を締め上げた。

始末屋という言葉の意味が、やっとわかった。それはたぶん、もうどうでもいいことを、ひとりでしているということなのだろう。

「もうじき、東京オリンピックだよ」

「それがどうした。じいちゃんとは関係ねえ」

祖父は老眼鏡をかしげて、難解な書物でも読むようにノートの細かな字をたどり始めた。

「戦争はいけないことだって、先生が言ってる」

「よしあしじゃあねえ。それもじいちゃんとは関係ねえことさ」

「仕事もろくすっぽないのに、お香典を上げちゃうの」

「おめえには不自由をさせてねえ。四の五の言うな。じいちゃんが稼いだ金をどう使おうと、じいちゃんの勝手だ」

勝手だ、という投げ遣な言葉は胸に応えた。祖父の行いが勝手だとは思えないが、少くとも広志には、父も母も祖父も、子供のことは何ひとつ考えずに、勝手に生きているような気がした。

「みんな、ひどいよ」と、広志は癇癪を起こしてちゃぶ台を叩いた。とたんに、祖父の拳固が頬を打った。

「何がひでえんだ。はっきり言え」

「おとうさんもおかあさんも、みんな勝手だ。おじいちゃんも勝手だ」

「糞も味噌も一緒くたにするんじゃあねえ」

祖父は勢いでひっくり返した食器を、ひとつひとつ確かめながら畳の上に重ね始めた。その馬鹿ていねいなしぐさは、まるでジャングルに散った骨を、ひとつずつ愛おしみながら集めてでもいるように、広志には見えた。父や母と同じであるはずがないと広志は思った。

「こんちくしょう、こんちくしょう」と、祖父は当たるあてのない怒りを小さな声にして、それから科人(とがにん)のように肩をすくめ、彫物の入った腕を瞼(まぶた)にあてて泣き出してしまった。

「おじいちゃんのこと、ガードのとこのともだちに聞いたんだ。ときどき、おじいちゃんはあそこいらにも行ってるんだろ。お香典とお線香あげて、それで、ガードの下で泣いてるんだろ」

祖父の歯ぎしりが、骨の鳴る音に聞こえた。瘦(や)せた体じゅうの骨が、こんちくしょうと言っていた。

「あそこいらの朝鮮人まで、戦(いくさ)に駆り出しやがった。二十年もたてば、なにもかもなかったことかよ。オリンピックは手打ちだってのか。だったら忘れりゃいい。じいちゃんは忘れねえ。世界中の人間が忘れたって、じいちゃんは忘れねえ」

日本は世界中を相手にして、馬鹿な戦争をしたのだと学校の先生が言っていた。今後そんなことを聞いたら、起立して言い返さねばならない。

その馬鹿な戦争を、僕のおじいちゃんは今も、ひとりぼっちでしています。でも、おじいちゃんは馬鹿じゃない。日本中の人がみんな馬鹿で、おじいちゃんひとりが馬鹿じゃない。

テレビをねだるのはもうよそう、と広志は思った。

祖父の丹精こめた厚物咲(あつものざき)が観菊会の金賞に選ばれたのは、いよいよ東京オリンピックが始まる何日か前だった。

町内の世話人が祝い酒を提げてやってきて、賞金が貰(もら)えるだの区長から表彰されるだのとさんざ浮かれ騒ぐのを、祖父はお持たせの茶碗酒を舐(な)めながらつまらなそうに聞いていた。客を追い立てるように帰したあとで、祖父は夕まぐれの路地いっぱいに咲いた林檎(りんご)箱の花々に水をやった。

日が落ちてから洗濯機を回すのはやめろと、八千代さんに叱言(こごと)を言うことも忘れなかったし、夜遅くに千鳥足で帰ってきた野村さんを階段の下で呼び止めて、いつにないほどのきつい説教もした。

「叱言もこれで言い納めかと思や、きつくもなる」

と、祖父は親に叱(しか)られたように神妙になって階段を上がって行く野村さんを見送りながら、ぽつりと言った。

「言い納めって」

「別れるんだとよ」

「うそ」

「半年も家を出てやがって、よくもまあ元の鞘に収まるもんだ。それほどの甲斐性にも見えねえが」

詳しい事情は知りたかったが、広志の口から祖父に訊ねられぬことであるのは、何となくわかった。

「八千代さんは」

「さあな。夫婦者で六千円の家賃を、女ひとりになったから三千円だってえわけにもいくめえ」

このところ二階に人の出入りが多いのは、広志も気付いていた。夜遅くに女の人が怒鳴りこんできて、祖父が仲裁に上がって行ったこともあったし、八千代さんの兄という人が手みやげを持ってきたこともあった。

その夜、広志は風呂の行きがけに、足音を忍ばせて物干しに上がった。白や黄の大輪がお花畑のように咲き誇る闇の中に、取りこみ忘れた八千代さんの下着が翻っていた。

窓ごしの灯りを避けて花の中に膝を抱え、野村さんの低い声と、八千代さんのすすり泣きを聞いた。しばらくして電気が消えると、八千代さんの声はいっそう切なくなった。

若くてべっぴんなんだから大丈夫だと祖父は言っていたが、この家から出たら八千代さんは生きていけないような気がしてならなかった。八千代さんは真白な菊の花に似ていた。

十月十日は、それまで広志が経験したことのないほどの忙しい日だった。学校は休みになるはずだったのに、予定が変わって手ぶらで登校することになった。オリンピックの開会式をテレビで見たかった広志にとって、それは吉報だった。

祖父は朝早くから物干しに上がって、菊の手入れに余念がなかった。観菊会から戻ってきた金賞の白菊は、ほかの鉢と並べてみればやはり貫禄がちがっていた。

「きょうは何の日か知ってるの」

祖父はあちこちから祝い花火の打ち上がる恵比寿の町を見渡して、「こんぴら様の祭りだろ」と間の抜けたことを言った。

学校へ行く道すがら、「テレビのない家の子がかわいそうだからだってさ」という聞こえよがしの声を耳にしたが、広志は少しも気にならなかった。それくらい開会式は楽しみだった。

校庭に生徒を集めて、校長先生が長い訓辞をした。きょうで日本の戦後は終わりました、という言葉だけが、悪い夢の余韻のように、いつまでも広志の胸に残った。

体育館に二台のテレビを据えて、子供らは東京オリンピックの華やかな開会式を見た。

「チカちゃんちにはテレビがあるの？」

立て膝をぶつけ合いながら、広志は千香子に訊ねた。

「ガラクタだからよく映んない。つけたり消したり叩いたり、大変なの。くるくる回り始めると、叩いても止まらなくなっちゃう」

「あしたから、公園のテレビ見に行こうか」

「夜は見られないわよ。女子バレーなんかは、夜にやるの」

「お風呂屋さんで見ればいい」

「一緒に見られない」

「見られるよ。内緒にしといてくれれば」

子供らは初めのうちこそ大はしゃぎでテレビに喝采を送っていたが、じきに飽きてしまって校庭に遊びに出た。オリンピックが近付くほどに、子供らの間では競技種目の真似事がはやり始めていた。

鉄棒もブランコも、飛び降りたあとは両手を天に向かってかざしたフィニッシュで、審判役の子供らが口々に点数をつけた。バレーボールのレシーブのときには、みんながでんぐり返りをした。裸足で校庭を走り回るのは、怪我人が続出して禁止されてしまった。

広志は走ることが得意だった。運動会の徒競走でも選手に選ばれていたが、短距離よりもマラソンのほうがもっと得意だろうと、自分では思っていた。だが、運動会の種目には長距離がなかった。

運動熱に冒されているのは、子供たちばかりではなかった。短パンとランニングシャツ姿で、電車通りを走る大人をよく見かけた。公園には学校帰りの中学生や高校生が鉄棒の周りに集まって、広志たちとそっくり同じ遊びをしていた。

「お二階のおばさん、きょう引越しちゃうんだ」

子供らが少なくなったテレビの前まで尻を滑らせて、広志は誰かに訴えねば気のすまぬことを、さりげなく千香子に伝えた。

「二階のおばさん、って？」

「ほら、せんにお風呂屋さんで会っただろ。髪が短くて、ヘップバーンみたいな」

「知ってるよ。きれいな人」

ヘップバーンを知っているのか、八千代さんを知っているのか、どっちにしろ話の通じたことが広志には嬉しかった。

「運動会に来てくれるって言ってたんだけど、だめになっちゃった」

「約束やぶり」

「うん。約束やぶり。でも、しょうがないんだ」

しょうがないことが多すぎる、と広志は思った。子供にとってはどうしようもないことでも、ほんとうは大人ならば、何とかできるはずだと思う。少くとも子供との約束は、破らずにすむはずだ。

先生が言っていた。

アベベはエチオピアの貧しい子供らに、東京からまた金メダルを持って帰ってくると約束したのだそうだ。だからみんなで応援しよう、と。

靴が買えずに裸足で走ったローマでも一等だったのだから、靴をはいて走る東京なら必ず優勝すると思う。もしアベベが、エチオピアの子供らとの約束を果たしてくれたなら、その勇気のお返しに、自分も一生、約束破りはしないと広志は誓うことにした。

マラソンはおじいちゃんと一緒に、甲州街道まで応援に行こう。

校庭でさんざ遊んだ帰り途にまた公園に寄って、広志が家に戻ったのは、秋空が昏れかかる時刻である。

「じゃあ、六時にお風呂屋さんの前でね」

言いながら千香子は、路地の奥にじっと目を向けた。

夕陽が狙い定めるように、花の咲き乱れる広志の家を照らしていた。オート三輪車に洗濯機とわずかな家財を積みおえ、八千代さんが祖父と立話をしていた。野村さんの姿はどこにもなかった。

広志に気付くと、八千代さんは悲しい顔をした。

甘い匂いの届くところまで近付いて、菊のように白くてやさしい顔をきっかりと見上げながら、広志は「さよなら」と言った。

おとうさんもおかあさんも、その大切なけじめの言葉を僕に言わせてくれなかったのだから、それだけはきっぱり言おうと、広志は心に決めていた。

「また遊びにくるからね」

そんな約束は信じない。

「さよなら」

と、広志はもういちど言った。

「しっかりお勉強するのよ」

目をそらしてはならない。

「さよなら」

唇だけで、広志は言った。

「運動会、行けなくてごめんね」

「さよなら」

「一等賞になるといいね」

「さよなら」

「おじいちゃんを助けてあげてね」

「さよなら」

こみ上げるそのほかの言葉の何かひとつでも口に出そうものなら、泣いてしまうにちがいなかった。だから夏休みの終りの日に、恵比寿の改札でそうしたように、「さよなら」とだけ広志は言い続けた。

「これァ、餞別だ」

祖父は唸り声をあげて、大輪の菊の鉢をトラックの荷台に担ぎ上げた。もし広志の見まちがいでなければ、それは観菊会で金賞を取った、真白い厚物咲にちがいなかった。

「いいの、おじいちゃん」と、広志は気を回した。

プリーツスカートの裾をかばいながら八千代さんが荷台に乗ると、オート三輪車はクラクションを鳴らしてゆっくりと走り出した。

「明治通りはオリンピックで混んでっから、裏道を行きます」

運送屋が荷台を振り返りながら言った。

「裏でも表でもかまやしねえけど、気をつけて行ってくれろ。嫁入り前の娘さんなんだからよ」

祖父は着物の尻端折を解きながら、にっこりと笑った。

「お世話になりました」

「力になれねえで、すまねえ」

走り去る車に向かって、誰にも頭を下げたためしのない祖父が、深々とお辞儀をした。それから、「ええい、ええい」と、当たるあてのない苛立ちを声にしながら玄関の戸を引き開け、たいそうな祝儀袋（しゅうぎぶくろ）を持って出てきた。

「おめえ、追っかけてって荷台に放りこんでこい。じいちゃんは間が悪くていけねえや」

祝儀袋には「金賞　渋谷区長」と書いてあった。

「いいの？」

「じいちゃんが貰（もら）ったんじゃあねえ。菊が貰ったんだ」

広志は路地を駆け出した。オート三輪は明治通りをつっ切って、渋谷川の橋を渡りかけていた。千香子も後を追ってきた。

線路につき当たって右に折れた千香子の家の前で、車は広志を待っていた。

「おじいちゃんが、これ」

受け取ったとたんに白いブラウスの胸に抱き寄せ、八千代さんは泣いてしまった。泣きながら運転手に向かって、行けというふうに指を振った。

「待って、待って」

千香子が転げるようにガラクタの山の中から出てきて、古毛布を荷台に投げこんだ。

「ボロだけど」

「ありがとう」

オート三輪の後を、広志と千香子はしばらく走った。広志は思いついて運動靴と靴下を脱いだ。両手に持ったまま、またしばらく走った。

八千代さんと菊の花が遠ざかっていく。

「さよなら、さよなら」

息を吐くたびに、広志は叫んだ。叫ぶ声はやがて呟き(つぶや)になり、車が夕闇に紛れてしまうと、広志は「さよなら」と言い続けながら泣いた。

千香子が手をつないでくれた。

「アベみたいだったよ」

泣きながら広志は、「ほんとに」と訊き(き)返した。

「うん。足の裏がまっしろで、カッコよかった」

ビール工場のサイレンが鳴った。そこだけが残り陽に映える丘をめざして、二人は来た道を帰り始めた。

「お風呂へ行って、足洗わなきゃね」

いちいち広志の泣き顔を覗き(のぞ)こんで、千香子はやさしく慰めてくれた。

靴は渋谷川の橋の上ではいた。

財布の中から取り出した切符を泥川に投げこんで、花びらのように流れ去って行くさまを目で追いながら、広志はずっと言い続けた最後の「さよなら」を、ようやく声に出した。

その一言は、命を絞るほどつらかった。

特別な一日

1

この日が必ずくることはわかっていた。

やがてわが身に訪れる既定の未来を、いくら呑気者の俺でも信じていなかったわけではない。避け難い宿命であっても受容できなかった。

「ねえ部長。六十歳って、いいですよねえ」

中島がパソコンを使いながら、癇に障る早口で言った。

こいつの饒舌ともきょうでおさらばだ。俺は生返事をして私物の整理を続けた。

「六十歳って言えば——」

それがどうした。おまえの口から出る言葉のほとんどが、何の意味もない思いつきだということぐらい知っている。会議での発言ですらそうなのだから、今は耳を貸すつもりなどない。

「――ねえ、そうでしょう。だから六十歳という年齢はですね……」

勝手にしゃべらせておけばいい。慰めているつもりかもしれないが、ならば私用のメールを打ちながら口にすることではあるまい。

「おい、中島」

俺は肚に据えかねて饒舌を遮った。

「今さら説教でもなかろうが、おまえ、口数が多いぞ。上司の前で間を繕う必要なんてないんだよ。空白を自分の言葉で埋めようとするから、肝心の意見が何ひとつ取り上げられないんだ」

言い過ぎたと思った。中島は指の動きを止めて、俺に薄ら笑いを向けた。

「部長。そういうことはもうちょっと早く言ってくれなきゃ」

「そうだな」と、俺も苦笑を返した。

こいつはたしかに自己評価の甘い、どうして自分ばかり出世が遅れているのかと、首をかしげ続けている部下だ。ならばこいつを預った三年前に、きちんと説諭するべきだった。たぶん俺はあのころすでに、きょうまでの時間を算え始めていたのだろう。

だから面倒なことは避けてしまった。

中島はデスクの上を片付けると、パソコンをバッグに収めて立ち上がった。殊勝なことには部長席までやってきて、深々と頭を下げるのである。そして余分な言葉は添えずに、「おつかれさまでした」と言ってくれた。

「おまえ、いくつだっけか」

「四十になりました」

「へえ、そうかよ。ついこの間入社したような気がするけどなあ。ま、四十から六十まではアッという間だったし、それにおまえが言うほど六十という年齢は幸福じゃないさ。ありがとう。こっちこそ何もしてやれなくてすまなかった」

俺は立ち上がって、悩みの種にはちがいなかった部下に頭を下げた。

「それじゃ、部長」

「じゃあな」

中島が帰ってしまうと、オフィスが妙に広くなったような気がした。

営業本部の百を越すデスクに人影はまばらである。本部長は休暇を取ったままだし、ほかの部長はさっさと帰宅してしまった。もっとも今さら改まった別れの挨拶（あいさつ）などしたくもないから、むしろ好都合ではある。

お別れ会は先月のうちにすませてあった。ホテルのバンケットルームを借り切って、よくもあれだけ集まったものだ。出張中や休暇中の者を除いてほぼ全社員、と言ってもいいくらいだった。あの盛況ぶりを考えれば、もう挨拶などは必要ない。

「おおい、一服つけるぞお」

俺はがらんとした営業本部に向かって宣言した。遠くから「どうぞご勝手にィ」と、捨て鉢な女子社員の声が返ってきた。

実は居残るほどの残務など何もない。禁煙になってから久しいオフィスで、昔のように煙草を喫いたかった。各フロアに喫煙室は設けてあるが、この一服は許してもらいたい。

俺は携帯用の灰皿を掌に載せて窓辺に倚った。

異常な暑さは治まらぬらしい。行きかう人もまばらな駅前ロータリーには、西側のビルの影がくろぐろと倒れかかっている。

東京はどこもかしこも再開発だというのに、この駅頭ばかりはさっぱり変わらない。周辺のビルを統合してオフィスタワーを建てる計画もあったのだが、地権が錯綜しているとかで頓挫してしまった。まさか東京オリンピックの年に建てられたこのビルに、三十七年も通うとは思ってもいなかった。

高層ビルから東京を睥睨してみたかったとも思うが、大方のサラリーマンから見れば贅沢な夢だろう。転勤も職場の引越しもなく、三十七年もひとつところに通勤し続けた会社員など、そうはいないはずである。

だからなおさら、五階の営業本部から見下ろすこの風景には愛着があった。

足元の玄関から、ショルダーバッグを斜めに掛けた中島が歩み出て、ビルの影にいったん立ち止まった。夕陽の熱を怖れているように見える。たしかにこの夏の陽射しは背広を貫くぐらい強いが、それにしても大げさではなかろうかと思う。まるで用心深い小学生のようなしぐさである。人間は年々若返っていくようだが、二十年前の俺は今とさほど変わらなかったはずだ。鞄を肩から斜めに掛けたりはせず、暑さ寒さに怯えたりせず、大人の矜持をきちんと持っていた。

あいつはきょう、どこに帰るのだろう。女房は実家に戻ったままだと言っていたが、もしや夫婦仲がうまくないのではなかろうか。

もっとも、そんな心配はもう俺の領分ではないが。

「高橋部長――」

名を呼ばれて俺は振り返った。営業本部の三人の部長のうち二人が同姓なので、社内でそう呼ばれることはない。「マサヤ部長」というのが俺の通り名だった。

雅子（まさこ）が差し向けた一輪の薔薇（ばら）を、俺は少しとまどってから受け取った。バレンタインデーのチョコレートのようなものだと思うことにした。

「おつかれさまでした」

正直のところ、この言葉にはもううんざりだ。それが雅子の口から出たものであったとしても。

セロファンと細いリボンでラッピングされた一輪の薔薇は、灰色のロッカーと黄ばんだ壁に囲まれたオフィスの一点の赤だった。

「ちかごろやたらあちこちで売ってるよなあ」

俺はうろたえながら、思いついたなりに言わでものことを口にした。

雅子は一瞬憮然（ぶぜん）として俺を真向から睨（にら）みつけたが、じきに持ち前の笑顔を取り戻した。

「お言葉ですが、部長。真心はやたらあちこちでは売ってませんよ」

俺は失言を恥じた。恥じても素直に詫（わ）びることができない。六十という齢（とし）はそういうものだ。だが自分自身を弁護するなら、このごろ駅の売店やコンビニや、どうかすると外国人が路上で売っている一輪の薔薇は、まったくがまんのならない流行だった。

「おざなりのプレゼントではありません。私の真心です」

微笑みながら雅子の瞳が潤んできた。真心という言葉について、俺は考えねばならなくなった。

あれから何年たったのだろう。俺が部長に昇格した年だったから、十二年前ということになる。だとすると雅子ももう四十に近いはずだが、まったくこのごろ人の年齢はわからなくなった。

あの中島のように、男が子供っぽいのは考えものでも、女がずっと若さを保っているのは好もしい。しかもそういう女子社員に限って仕事もよくできる。

ハイ・ミスもオールド・ミスも、とっくに死語となった。むしろ独身であることが彼女らの武器であり、矜りですらあるように思える。わが社のような旧態依然たる男尊女卑の企業でも、数年前には女性役員が登場したし、部課長の何人かに一人は女になった。

俺と別れたあと、雅子は配転希望を提出して秘書課に異動した。営業部としては痛打だったが、俺が認めぬわけにはいかなかった。

もともと能力のある社員だから、一年の役員付を経て社長付となった。三十代なかばで秘書課長に抜擢されたのは、俺の知る限り前例のない人事である。

「ひとつ訊いておきたいことがあるんだが」

と、俺は失言をうやむやにして訊ねた。

「はい、何なりと」

笑顔のいい女だと思った。

「社長の耳に何か入れたか」

多くを語りたくはない。俺は言葉のかわりに、思いもよらず長いこと座らされた営業部長のデスクを指先で叩いた。

「いえ。それは部長との約束ですから、天に誓ってありません」

笑ってはいるが、信じていいだろう。

胸のつかえが下りた。さしたるエラーもないのに、この部長席から先には進めなかった。商品企画部、営業促進部、と同級の部長職を渡り歩いて営業本部に戻ったときには、当然本部長に昇格すると思ったのだが、俺に与えられたデスクは古巣の第一部長席だった。

そのときふと疑ったのだ。お気に入りの秘書が、社長の耳に何かを囁いたのではないか、と。

「私はそれほど馬鹿じゃありませんよ、部長」

雅子の笑顔がいっそう綻んだ。つまり俺の傷は自分自身の傷にもなる、という意味なのだろう。ましてやスキャンダルが暴露された場合、女性のほうがはるかにダメージを蒙る（こうむ）という現実を、雅子が予測できぬはずはなかった。

「邪推をしてすまなかった。ありがとう」

これればかりは素直に感謝しなければなるまい。俺が役員に昇格できずにきょうの日を迎えた理由は、ほかの何ものでもなく、俺自身の能力と俺自身の運だった。

「約束を守っただけですから、お礼には及びません。そのかわり──」

雅子は髪に手を当てて、営業本部を見渡した。あらゆる感情を笑顔で隠しおおすことのできる雅子が、興奮や緊張を感じたとき指先で髪の根を摑む（つか）癖（くせ）のあることを、俺はふと思い出した。

声の届く場所に人はいない。それでも雅子はつなぐ言葉をためらった。

「何だよ、そのかわりって。あんまり無理は言わんでくれよな」

雅子の顔に笑みが戻った。

「きょうは私と一緒にいて下さい。お願いします」

髪の根を耳元で摑みながらそう言って頭を下げる雅子を正視できずに、俺は窓ごしの夕空に目を向けた。駅前の風景は常ならぬ鴇色（ときいろ）に染まっており、ベイ・エリアに競い立つオフィスタワーの返照が眩（まば）ゆかった。

「きょうがどういう日か、知らんわけじゃなかろう」

俺は声をひそめて雅子を叱った。とっさの答えではあるが、失言ではないという自信はある。

「だめですか」

「無理な相談だよ。気持ちはありがたいが」

「やっぱり、だめですか」

俺は二本目の煙草に火を入れて、「だめだよ」と邪慳に言った。

雅子は俯いたまま、叱られた子供のようにすすり泣いた。

唐突に別れを告げたときですら、雅子が笑顔を繕い続けていたことを俺は思い出した。それは愛の所在を疑うほどの笑顔だったが、むろん俺に不満はなく、むしろほっと胸を撫で下ろしたものだ。聞き分けのいい女だ、とも思ったものだった。

要するに、俺は非情なのだ。雅子が物言うまでもなく、社長も役員たちも俺のこの非情さが管理職としては適当でも、経営陣にはふさわしくないと考えたのかもしれない。

たとえば今、雅子の胸のうちに十二年間も俺が棲んでいたという重大な事実が判明したのに、そのことにはいささかの感動も湧かなかった。自分が非情な人間だと気付いただけなのだから、その非情さかげんも相当のものなのだろう。

「おつかれさまでした」

泣き声のまま、雅子は思いのたけをこめてもういちど言ってくれた。これが彼女にとって十二年目にようやく口にした決別の言葉だと思えば、生返事をするわけにはいかなかった。

「こちらこそ、ごくろうさまでした」

ひどい言い方かもしれない。殴り返されても仕方がないくらいだが、ほかの言葉は思いつかなかった。

俺は贈られた薔薇のセロファンを解き、茎を折って背広の胸ポケットにさした。せめて雅子を抱きしめてやろうかと思ったが、いくらきょうという日でも許されることではあるまい。

「社長はお帰りになったかな」

「いえ。まだいらっしゃいます」

「そうか。じゃあ、お別れを言ってこよう」

俺は抱きしめるかわりに、雅子の肩に手を置いた。身を引くでも委ねるでもなく、細い体がびくりと揺れた。

「君もう帰れよ」

「社長秘書ですから、そうもいきません」

雅子が初めて嘘をついた。俺が願いを聞き入れて一夜を共に過ごすのなら、働き者の社長などほっぽらかして帰るはずである。

俺の不実に対する、彼女なりのささやかな抵抗なのだろう。

このオフィスには二度と戻れない。俺は古ぼけた鞄と、始末しきれぬ私物を詰めた紙袋を提げてデスクを離れた。

居残っている社員たちが声をかけてきた。

「マサヤ部長、お安くないですねえ」

「え、そうか。別れを惜しむのは当たり前だろう」

「じゃあ、僕も泣こうかな」

「つまらんことを言っていないで、さっさと帰れ」

「帰りたいのはやまやまですけど、まだ残務整理が。ともかく、おつかれさまでした」

「はいはい、ごくろうさん」

それから何人かと似たような会話をかわした。雅子との関係を疑われたところで、今となってはどうということもない。

それにしても、サラリーマンとはふしぎな人種である。残業がプライバシーを侵食しているという事実に誰も気付かない。いや、わかってはいても仕事に捧げる時間を惜しまない。

就業規定に残業の制限が明記されているわけではないが、月に百時間を超えれば人事部からイエロー・カードをつきつけられる。本人がカウンセリングを受けさせられ、上司は残業軽減策のレポートを提出しなければならない。むろんそうなる前に、七十時間をめどとしていわゆるサービス残業ということになる。

俺が若い時分には、誰だって実務よりも残業代が目当てだったのだから、今の若い連中は働き者である。昔は上司から「働け働け」とせっつかれたものだが、今では「働くな働くな」と言い続けているような気がする。

冷房の効きすぎですっかり冷え切った廊下の先に、ガラス箱の喫煙室がある。ぼんやりと煙を吐き出しているのは、この春に入社したばかりの若い社員だった。

俺は立ち止まって、「ボーッとしているんなら帰れよ」と、ガラスの向こう側に聞こえるほどの大声で言った。

「家でボーッとしてるくらいなら、会社にいたほうがマシです」

怒気を含んだ声で言い返された。まあ、その言い分にも一理はある。俺にも経験はあるが、恋人もなく帰りを待つ人もいなければ、定時にいそいそと退社する理由はない。

今の若い者は何かと口ごたえをするかわりに、働き者で礼儀正しい。こいつもひとこと抗ったあとで背筋を伸ばし、煙草を消した。

「マサヤ部長。おつかれさまでした」

俺はくぐもったガラス箱の中の声に手を挙げて応え、エレベーターに乗った。

俺の立ち去ったデスクの前に、雅子がまだ俯いているような気がした。おそらく恋人も、帰りを待つ人もいないのだろう。

2

「おっと、誰かと思や開けてびっくりマサヤくん」

パターを肩に担いで若月は俺を迎えた。まったく、いくつになっても剽軽なやつだ。

俺はひとけのない秘書室を振り返ってから、気易く声をかけた。

「お別れをしたいんだが、ちょっといいか」

いくら同期入社の誼みでも、こういう口の利き方はできまい。俺と若月の関係はクサレ縁と言える。

語弊があるなら、学歴偏重社会がもたらした因縁だ。何しろ中高一貫教育の進学校が同級、浪人したときの予備校も同じクラス、翌年にめでたく合格した大学も学部までが一緒、入社試験の面接会場で出会したときには、さすがにうんざりしたものだった。

この種の話は、一流企業や官界などでは珍しくないらしい。子供のころからエリート人生をひた歩んだ結果の必然である。超一流の人生は狭く定まっているが、それ以外は無限の選択肢があるのだから。因縁、もしくはクサレ縁とでも言うほかはない。ともあれ学生生活がつごう十一年、社員歴が三十七年、合計半世紀に及ばんとする付き合いだった。

「みんな帰っちゃったかなあ。おおい、誰もいないのかあ」

若月はパターを担いだまま秘書室の冷蔵庫を開けて、缶ビールを持ってきた。

「さっき秘書課長と会ったよ」

「へえ。鳥居君、まだいたのか」

「俺にさいならを言いにきてくれた」

若月の顔色を窺った。社長と美人秘書の関係などというのはエロ小説かアダルトビデオの世界の話なのだろうが、疑いたくなるのは人情だろう。ましてや俺と若月のただならぬ因縁に照らせば、そうであったとしてもふしぎはない。

「ふうん。おまえにさいならをねえ。鳥居君、惚れてたんじゃないの」

「冗談はやめてくれ」

ハッハッ、と若月は笑い飛ばした。こいつがまったく見た通りの、よく言えば裏表のない、悪く言えば単純な人間であることは知っている。だからその笑い声で俺の疑念は晴れた。

物言いから察するに、俺と雅子のかつての関係を知っているかとも思えたが、そんなことはもうどうでもよかろう。

社長室の窓はロールカーテンが下ろされていたが、わずかな隙間から射し入る光が刃物でも置いたように、大きなデスクと来客用の応接セットを貫いていた。冷房は肌寒いほど効いていた。

「ま、長い間ごくろうさん。おまえのことは何とかしてやりたかったんだが、悪く思わんでくれ。それとも何か、もしやおまえ、俺をぶん殴りにきたのか」

「まさか」

と、俺は缶ビールを開けてソファに身を投げ出した。

数年前に革新的な刷新人事が断行された。カリスマだった前社長が退任に伴い、後釜を狙っていた次世代の重役たちを全員道連れにしたのだった。最も若い役員であった若月の社長就任は、十人抜きと言われたが、正しくは「十人を抜いた」のではなく、前社長の決断で「十人が抜けた」のである。

「言いわけをさしてくれるか」

若月は俺の向かいに腰を下ろすと、ビールで唇を湿らせた。

「言いたくないことなら、言わんでもいいよ」

「いや、言いたいんだ。若返り人事のとき、おまえを役員に上げておかなかったのが失敗だった」

序列からしても、むろん実績から判断しても、あのとき俺が取締役営業本部長に昇格するのは当然だった。だが刷新人事で発表された俺のポストは、古巣の営業第一部長だった。

「この部屋だったよな。おまえから内示を受けたときは、耳を疑ったよ」

と、俺は恨みごとに聞こえぬよう気遣いながら言った。

「おまえも知っての通り、前社長の引け際はみごとだった。すべてを俺に任せて、何も言い置かずに勇退した。後任の社長候補を十人も引き連れ、相談役まで説得して辞任させたんだ。そうした直後の人事に、俺がおまえを優遇できるわけなかろう」

「なるほど。しかし俺たちはそう親しいわけじゃなかった」

「ああ、たしかに親しい仲じゃなかった。今だってそうだ。だがな、マサヤ。俺とおまえが中学からずっと同期だって話は、知らん者がない。そりゃそうだよな、酒の肴にはもってこいの笑い話だもの」

今となっては蒸し返したくもない話題だが、俺は考えねばならなかった。どうも筋書きが単純すぎると感じたのだ。

俺と若月のクサレ縁について、これまで深く考えたことはない。偶然で証明できぬものはないのだし、学歴社会の構造からすると、あながち不自然とも思えなかったからだ。

しかし、もし偶然ではなく、社会構造から考えて不自然なものでもなく、企まれた必然であるとしたら——。

「なあ、若月。おまえ、俺に何か隠してやしないか」

ぎょっと目を剝いたように見えたのは、俺の思い過ごしだろうか。

「そう言われても、そもそも肝胆相照らすほどの仲でもあるまい。立場もちがうんだし、言ってないことは山ほどあるぞ」

立場もちがうんだし、というひとことが胸に障って、俺は思いつきの仮定をまるで確信したことのように、荒い声に変えてしまった。

「おまえ、中学に入ったとき俺のあとをくっついて回ってたろう。俺が陸上部に入ったらあとから入ってきたし、体育祭の騎馬戦のときは、たしか俺のケツを支えてたよな」

いったい何を言い出すのだ、とばかりに若月はソファの背に沈みこんだ。呆れているのではなく、図星をさされて動揺しているように見えた。俺の仮説は確信に変わった。

「修学旅行のときだって、同じ班だったろう。俺の志望校をどうやって調べたんだ。予備校も同じ、大学も同じ、就職先なんてよりどりみどりの好景気の時代に、どうして同じ会社なんだよ。その種明かしをしてやる。俺が何も知らないと思ったら大まちがいだ」

俺はネクタイが汚れるのも構わずにビールを飲み乾した。それから少し気持ちを鎮めて、なるたけ威迫的な、低い声で続けた。

「高校のマラソン大会のとき、おまえは俺のすぐうしろをぴったりついてきた。もちろん途中からずるずると下がっちまったけどな。俺をマークしてりゃまちがいないと思ってたんだろ。ずっとそれじゃないか。で、いよいよ人生の正念場ってときに、うまくやった。大成功だったな、若月。半世紀近くも俺をマークし続けて、抜いたとなりゃおさらばかよ。もうきれいごとはたいがいにしろ。おまえはうまくやった。俺はうまくやられた。つまりそれだけのことだ」

俺はビールの空缶を若月の顔めがけて投げつけた。小賢しい額に命中して、こつんといい音がした。

いっそ躍りかかって絞め殺してやりたかったが、俺は衝動によく耐えた。今さらこいつを殴ったところで何が変わるわけでもない。

「やめよう、マサヤ君」

若月はひどく悲しい顔をして空缶を拾い上げた。

「思うところはいろいろあるだろうけれど、晩節を穢すような行いは慎もうじゃないか」

じじむさいことを言いやがる。だが、怖れるでもなく怒るでもない若月の表情は、俺を説得して余りあった。

勝負はついたのだ。晩節を穢すなどという言い方は気に入らないが、俺が潔くないのはたしかだった。

「誤解だけどな」

若月はうら淋しい小声でぽつりと言い、その誤解を解こうとはしなかった。かわりにいっそう淋しい声で言った。

「誤解にはちがいないが、何ならこのパターで俺を殴り殺してもいいぞ。おまえの気持ちがそれでいくらかでも落ち着くんなら、そうすればいい」

俺は差し向けられたクラブを振り払って立ち上がった。

「そこいらで一杯やってくか。昔みたいに」

「いや、俺は社に残る」

若月は壁に並んだ歴代社長の写真を見上げた。

一流企業とは言い難いが、手堅い歴史を百年も刻み続けてきた会社だった。創業者の肖像は立襟のシャツに立派な口髭を立てており、代が下がるに従って少しずつ若返っていくように見えた。

実際の年齢は逆なのだろう。百年の間にそれだけ人間が若くなっただけだ。しかしそうと気付けば、みてくれだけ若くなった会社を本質まで若返らせようとした前社長は、傑物である。

「どうして俺だったんだろうなあ」

気の抜けた声で若月が言った。

「家に帰れよ。何だかくたびれてるぞ」

「いや、まだやることがあるんだ」

俺は社長室を出た。廊下を歩きながらネクタイを緩め、若月が俺よりすぐれている点について考えた。

剽軽者で人当たりがいい。そのかわり、取り立てて何の能力があるとは思えない。つまり、いてもいなくても大勢に影響のない人間と言えた。そういう人物だからこそ選ばれたのだろう。

エレベーターの扉が閉まるとき、静まり返った廊下をつき抜けて、若月の金切声が聞こえた。

「どうして俺なんだよお」

3

もうひとつ気付いたことがある。あいつは責任感が強い。

大会社は社員の帰属意識が薄いという。

たしかにそうかもしれない。しかし一方では、社会的な知名度の低い小さな企業もそれは同じだろう。

正しくは会社が大きければ大きいほど社員の終身雇用率は高くなり、福利厚生も充実し、会社は「社会」化するのでそのぶん帰属意識が薄くなる、という意味ではなかろうか。

その伝で言うなら、社員数五百人の中堅企業は最も社員の帰属意識が強いと思う。資産は潤沢だし、長い伝統に支えられた堅実経営は社風のようなものだし、リスクを負った発展など誰も望んではいない。だから高度成長期に飛躍できなかったかわり、バブル景気に惑わされもしなかった。

俺は玄関を出ると、三十七年もの間たしかに帰属していた社屋を振り返った。

いかにも東京オリンピックの勢いで建てたような、ステンレスとガラスを張りめぐらした、美的感覚を徹底的に欠いたデザインである。入社したときには周囲を圧するビルディングに見えたが、今では地域再開発の厄介者だった。

社屋の影から離れ、駅前のロータリーに立ってもういちど振り返った。七階建の窓のあちこちに、帰属意識の固まりがまだうろうろと歩き回っている。

勝手にすればいいさ。俺は金輪際おさらばだ。

俺は改札を横目でやり過ごして、三十七年間どこも変わらぬ高架下の路地に入った。一日が終わったと感じるのは会社を出たときではなく、古い石組と煉瓦でできあがったこの路地に歩みこむときだ。

少し歩くと一方通行の狭いガードがあり、穴ぐらのような飲み屋が並んでいる。行きつけの店が閉まっていたら、きょうというきょうはさぞがっかりすることだろうと危ぶみながら、ほの暗いガード下に歩みこむ。あんがいなことには、どの店も歩道に人が溢れ出るほどの盛況だった。

馬蹄形の立ち飲みカウンターが据えられているきりの、小さな店である。壁に並んだメニューの木札は文字が読み取れぬほど脂じみて、用を果たしていない。もっとも、つまみを考えるような一見の客が、この店にやってくるはずはなかった。

おかみさんが俺に気付いて、カウンターの客を押し分けてくれた。三十八年も通い続けていれば、立ち飲みのカウンターにも指定席がある。

酒は好きだが接待は大嫌いだった。お追従が苦手だからである。帰りがけに仲間と飲むのも好きではない。俺はいつもひとりでこの店に立ち寄った。

小ジョッキの生ビールをまず一杯。それから冷やのコップ酒を一杯だけ。つまみはその日のお通しのほかは注文したためしがない。

「きょう閉まってたら、どうしようかと思ったよ」

俺はジョッキを受け取りながら言った。おかみさんは一瞬きょとんとして俺を見つめた。考えてみれば、俺が声をかけたことなどめったにないのだ。いつもひとりで立ち寄って、ビールと冷や酒を飲む時間など、せいぜい十五分である。飲み屋というよりも、帰宅するまでの通過地点だった。

「きょうってきょうは、閉めるわけないでしょうに。長い間ありがとうございました」

おかみさんの肩越しに並ぶ、見知った古顔を俺は睨みつけた。

「ありがとうはこっちのセリフだよ。新入社員のときからかれこれ三十七年間も世話になった」

「あら、そう。奥さんより長いつきあいだわねえ」

話しこみたくはなかった。たとえどのような特別な事情があろうと、きょうを特別な一日にしたくはない。それは俺がけさ目覚めたときに誓った、大げさに言うなら人間としての矜持のようなものだった。

幸いおかみさんも、俺と話しこむつもりはなさそうだった。店は常にない大繁盛である。

俺はふと、初めてこの店にきたのはいつだったろうと考えた。入社してほんの何日めだったから、会社から目と鼻の先の飲み屋にひとりでくるわけはない。

冷や酒を舐めながら、俺はその記念すべき日を思い出そうとした。

「岡田さん、か」

答えを見出したとたん、引率者の名前が口からすべり出た。このごろ思いついたことを独りごつ癖がある。齢のせいだとは思いたくないが。

「ああ、岡田さん」

と、相槌を打ったのは店主だった。このおやじさんの声を聞いたのは初めてのような気がした。

「岡田さんが若いのを何人か連れてきたんだよ。続いたお客はあんたひとりだけどな」

まったく不愛想な店主である。以心伝心で話が通じたというのに、焼鳥の串をせわしなく返しながら目を上げるでもなかった。

岡田課長は在職のまま死んだ。まだ定年が五十五歳のころだったからずいぶん早死にだが、それにしては老けている人だった。三十年前の男はそんなものだったのだろう。

会社が大学卒だけを採用するようになったのは、俺が入社するほんの何年か前だった。岡田はその高卒組の、いや年齢からすると新学制以前の人間だったろうが、ともかく実務は何をやっているのかもわからない、無任所の課長職だったと思う。新入社員の教育係としては適任だろうけれど、新人研修は二ヵ月間だったはずだから、ふだんはいったい何をしていたのだろうか。

もっとも、社内には今でも存在意味不明の、いわゆるタダ飯食いはいくらでもいる。疑問を持つほどの話ではあるまい。そんなことよりも今さら喚起させたい記憶といえば、岡田課長が引き連れてきた新入社員たちの中に、若月がいたかどうか、ということである。

脳ミソが萎縮（いしゅく）してくると、近い記憶ほど怪しくなるが、かえって古い記憶は鮮明に甦（よみがえ）ってくると聞いている。このごろのわが身に照らせば、たしかにそうとも思える。

俺は考えた。どうでもいいことだが、新入社員の若月の姿を、あの日とそっくり同じ店のたたずまいの中に見出そうとした。

「若月ねえ――」

俺が独りごつと、店主は首から提げた手拭（てぬぐい）で禿頭（はげあたま）を拭いながら、やはり顔も上げずに答えた。

「若月って、ああ、おたくの社長さんだね。あれからしばらくはあんたと二人していらしてたっけな」

そんな記憶は数えきれぬ接待の宴の向こう側に忘れ去られている。

「岡田さんに初めて連れてこられたとき、彼がいたかなと思ってね。同期入社なんだよ」

店主は考えるふうもなく、煙に目をしばたたかせながら解答を口にした。

「いたよ。岡田さんがあんたと若月さんと、ほかに名前は知らねえけどあと三人。ほら、あっちで」

店主は煤と脂とで正体のなくなった老眼鏡をかしげて、路上に据えられたテーブルを見た。

「へえ。すごい記憶力だな。本人が忘れてるっていうのに」

「なあに、きのうのきょうみてえな話さ。それに、お客さんは遊びでも、こちとら商売だからな」

店主は焼き上がった串を皿にしたたま盛り上げて、俺の前に置いた。

「頼んでないよ」

「お代はいらねえさ。長いことごくろうさんでした」

香ばしい肉を嚙むと、飲むことより食うことに夢中だった若き日が、ありありと思い出された。

俺は路上のテーブルに目を向けた。エアコンの熱と車の排気がわだかまったガード下で、あのころの俺たちがビールを飲んでいた。

若月と俺はたがいの結婚式にも招き招かれたわけではなかったし、親の葬儀に参列したのは社内の義理事というほかに理由はなかった。つまりその程度の仲だ。だから二人でここに来たとしたら、たまたま社の玄関から駅の改札口までの間に肩を並べて、どちらが言い出すともなく一杯ひっかけた、というだけのことだろう。

煙にまみれて黙々と串を返す店主に、岡田課長のおもかげが重なった。似ていなくもない。店主はたぶん七十を越えているだろうが、あのころ五十五歳以下にちがいなかった岡田課長も、顔つきはだいたいこんな感じだった。

在職中にぽっくりと死んでも、俺がべつだんどうとも思わなかったのは若さのせいだろう。あのころの俺から見れば、五十を過ぎた人間はいつ死んでもおかしくない老人だった。

俗にいう平均寿命というやつは、まさか自分の余命ではない。社内でも一年に一人や二人は死ぬから、葬式に通っているうちに平均寿命とやらがけっして保証期間ではないと気付いた。そのあたりから、仕事にも身を入れるようになったと思う。

仮に岡田課長の享年が当時の定年いっぱいの、五十五だったとする。だとしても、六十の俺よりはまちがいなく老けていた。それも老けて見えたのではなく、気力から体力から、物の考え方や表情物腰に至るまで、今の俺よりずっと老けこんでいた。

しかし、どちらが幸福であるのかはわからない。少くとも岡田課長は大勢の社員たちに送られて旅立った。ひごろはどこで何をしているのかもわからない、無任所課長だったというのに。

焼鳥は嫌いではない。だが酒が入ると物を食わなくなるのは、俺の悪い癖だった。酒席を共にした人は誰もが、体に毒だぞと言う。女房はそれこそ毎晩、お題目でも唱えるように同じことを言う。

俺の夕飯は酒なのだ。だからサラリーマンの肥満が問題になり始めてからは、いっそう物を食わなくなった。この習慣があながち体に毒ではないと知ったからだった。おかげさまでご同輩がみな肥えているのに、俺だけは若い時分とまったく同じ体型で、血圧はむろんのことコレステロールも中性脂肪も、飲んべえのくせに正常値である。

珍しく一串だけ、焼鳥を食った。店主の心づくしを無下にするわけにはいかなかった。

あきらめろ。

もうひとりの俺が耳元で囁(ささや)く。

あきらめろ。

神か悪魔か知らないけれど、子供のころオープンデッキのテープレコーダーで初めて聞いた自分自身の声のように、しゃらくさく、生々しく、俺の耳に囁き続ける。

あきらめろって。

むりな相談だ。あきらめようにもあきらめられないから、休暇もとらずに毎日出社して、今の今だってこうしていつもと同じに安酒をひっかけているんじゃないか。

「おやじさん、もう一杯」

俺は神か悪魔かわからない声を振り払って、空のコップを掲げた。

おや珍しいね、とでも言いたげに、店主は一升瓶を抱え上げると、コップに冷や酒を満たした。

ビールだけでやめておく日はあっても、二杯目の冷や酒を注文したためしはない。俺にとってのこの店は酒場ではなく、一日の区切りをつけるための場所だった。よほどいやなことがあったか、逆によほど気分がよかったかで酒を飲みたい日でも、必ず河岸をかえたものだ。

きょうを特別の日にしてはならないと、あれほど起き抜けに誓ったはずなのに、こんな瑣末なところで誓いを破ってしまったことを俺は悔やんだ。

コップの表面に盛り上がった酒を唇を尖らせて啜りこみ、誓いの正当性について考えた。

よほどの誓いを立てなければ、きょうという日を乗り切る自信がなかったからだった。

たとえばあの厄介者の中島に、きょうだからといって説教など垂れたくはなかった。雅子をこっちから訪ねて、本当は君と一緒になりたかったんだなどと、未練がましいことを言いそうな気がした。

もしかしたら、若月を殴り飛ばしていたかもしれなかった。

ほかにも思いがけぬ醜態を晒すかもしれないから、俺は決死の戦場に向かう兵士のように誓ったのだった。きょうを特別な日にするのはよそう、と。

誓えぬのなら会社を休めばよかった。儀式も手続きもすべて終わっているのだから、支障は何もなかった。それでもいつも通りに定時出社したのは、きょうのこの日を特別の日にはしないという自信があったからだった。

俺は一日を振り返った。

中島には説教をほんの少し。雅子の誘いは断った。若月にビールの空缶を投げつけたのも、まあ許される範囲だろう。

だとするとこの二杯目の酒も、誓いを破ったとまでは言えまい。どれもこれも、いかにも俺らしい節度である。失態を犯すぎりぎりのところで、理性の軛(くびき)が俺を抱き止める。

酒を啜りながら俺は苦笑した。サラリーマンとしては上出来だったのではあるまいか。突出するでもなく軽侮されるでもなく、つまり若月のようにはならず、岡田課長のようにもならず、現役の営業部長としてきょうの日を迎えることができたのは、このうえ望むべくもない人生だった。

コップ酒を一息に呷(あお)って、俺は得心した。

「勘定して下さい」

店主はちらりと俺を見上げて、もし俺の見まちがいでなければ、悲しげな顔をした。

「きょうはお代なんざいただけません」

気持ちはわからんでもないが、好意に甘えれば特別の日になってしまう。

「そうはいきません」

と、俺はカウンターの上に過分の勘定を置いて店を出た。

ガード下の薄闇はいつにも増して湿っていた。その湿気のせいかどうか、いくらも歩かぬうちに胸が悪くなって、俺は煉瓦塀に頭を預けて吐いた。

まさか酒が過ぎたせいではない。きょうの一日が思いがけず身に応えていたことを俺は知った。

岡田課長の声がふいに甦った。今にして思えば、わが身をはかなむふうもなく、世を呪うでもない、悟りのお手本のような物言いだった。あんなふうに何もかもあきらめることができれば、さぞ幸せだろう。

——私が復員してきた当座はね、ここいらは見渡す限りの闇市だったんですよ。葦簀張りの小屋のずっと先に、戦災で焼け残った旧社屋が建ってましてね。それを見るたんびに、俺はついてるなあ、運が強いんだなあ、としみじみ思ったもんです。君たちもそう思わなきゃ嘘ですよ。俺はついてるなあ、運が強いんだなあ、って。

4

ともかく、くたびれた。

六十年分の疲労、とりわけ三十七年分の疲労がどっと圧し被さってきて、俺は電車に乗ったとたん座席にへたりこんだ。

車内はあんがい空いている。鞄と紙袋を網棚に載せる必要もない。昏れそうで昏れぬ不確かな時間を縫って、電車は家路をたどる。

携帯電話機の振動が腿を震わせた。伜からのメールだ。

翔太という名前は傑作だと思ったのだが、幼稚園の入園式で愕然とした。同じ字の翔太は四人もいて、そのうちの一人は同姓同名の「高橋翔太」だった。あれやこれやと夫婦で考えた末の命名だったのに、つまり俺も女房も甚だオリジナリティを欠く、あたりまえの人間だと思い知った。

きょうという日を家で祝ってくれるものとばかり思っていたのだが、一週間ほど前に電話があって、嫁の実家に帰ると告げられた。

母親とは多少の言い争いをしたようだったが、俺が口を出す話ではあるまい。わがままを言っているわけではなく、やつなりに思うところがあるのだろう。両親はともに格別の才能などないが、思慮深い性質である。翔太はその特性をよく受け継いでいると思う。

〈勝手なことをしてゴメン。社会人になったら自分のことより会社のことを考えろ、とオヤジは言ってた。結婚したなら自分のことより家族のことを考えろ、と言ってた。だから勘弁して下さい。女房子供の意志を尊重して、休暇は前橋で過ごしています。おつかれさまでした。心から感謝しています。〉

返信をしようとしたが、何と言ったものか言葉がうかばなかった。

だいたいからして、このメールというやつは対話の切り上げ方が難しい。答える必要がなければ返信をしないというのが、俺の流儀である。

しかし臍を曲げられたと思われても困るので、〈了解しました〉という成文だけを返した。これでいいと思う。

もしやほかにも着信があるのではないかと、履歴を覗いた。常にマナーモードも俺の流儀である。電話機はズボンの左ポケットに入れてあるから、立っていると振動にも気付かない。社長室を出てから電車に乗るまで、俺はずっと立っていた。いや考えてみればきょうは一日中、社内を歩き回っていた。

案の定、着信履歴がずらりと並んでいた。俺のメール・アドレスを知る人間が、こんなにいたのかというのがまず驚きである。つまり、部下や同僚やリタイアしたOBや、中学高校の同窓会の常連や、長い付き合いのクライアントまでが、きょう一日の間にメールをよこした。たしか昼休みにはいちどチェックしたはずだから、午後の数時間にこれだけ殺到したことになる。

いちいち読む気にはなれなかった。年賀状や暑中見舞のような社交辞令にきまっている。誰もがうんざりとしながら、それでも真心を装って書き綴る、日本の悪しき慣習である。ましてや加齢とともに、地位の向上とともに、交際範囲の拡大とともにその数は確実に増えるのだからたちが悪い。

合理主義者だった前社長は、こうした慣習をすべて虚礼と断じて禁止した。社員相互は今後いっさい、年賀状、暑中見舞、お中元、お歳暮等を禁止する、という社長命令である。

これはありがたかった。むろん社員同士に限った話だからすべてを免れたわけではないけれど、虚礼のうちの最も面倒な部分がなくなったわけだから、精神的な負担が軽くなった。

彼はただのカリスマではなかった。役員会などくそくらえのワンマンぶりではあったが、権勢欲の感じられぬ人物だった。人心掌握のセンスも実によかったと思う。

たとえば、その虚礼廃止命令を出したときにも、通達書に気の利いた但し書きが付されていた。

〈但し、女子社員の男子社員に対するバレンタインデーのプレゼント、またその返礼

としてのホワイトデーのプレゼントは例外とする。いわゆる『義理』は厳に禁ずる〉

このセンスのよさには誰もが感心したものだ。義理チョコが厳禁ならば、事実上はこの習慣も禁じたことになる。つまり虚礼は禁ずるが真心は大切にしろ、という社長の思想を読み取ることができた。

履歴をスクロールする指が止まった。ローマ字の氏名だけの送信アドレス。まったく信じ難い話だが、その前社長からのメールが入っていた。

文面を読む前に、どうして俺のアドレスを知っているのだろうと考えた。思い当たるふしはない。だとすると、退任のときに社員の個人情報を持って行ったとしか考えられなかった。とんでもないカリスマだ。

〈高橋正也部長。これは誤信ではないよ。僕の評価では一番が高橋正也、二番が若月卓郎。だから若月を後任に据えて、君を部長職に留め置くよう命じた。悪く思うなよ。社業に最も尽力してくれた部下に対する親心だと思ってくれ。きょうのきょうまで言わずにいたのも、その親心のうちだ。ごくろうさん。君はよくやった。〉

俺は何度も文面を読み返した。そのうち思いがけず胸にこみ上げるものを感じて、目頭を指先でつまんだ。

これは要返信だろう。

〈ご厚情に感謝いたします。けっして虚礼ではありません。おつかれさまでした。〉

俺は携帯電話機をポケットに収うと、身を捻じって車窓の風景を眺めた。

三十七年の間ずっと見慣れた外濠の景色が過ぎてゆく。いやこの部分に限っていうなら、予備校と大学のつごう五年間にも見続けてきた。四十二年間、毎日である。

東京はどこもかしこも様変わりしたのに、ふしぎなくらい変わらぬ風景だった。花の季節ならよかったのに、と俺は思った。

ひとけのない廊下に響いた若月の叫び声が耳から離れなかった。

どうして俺なんだよお。

社長室に戻って慰めるべきだったのだろうか。

そんなこと言ったって仕方ないじゃないか、若月。前社長の目論見に気付かなかったおまえじゃあるまい。どんなときだって、会社には社長がいなければならないんだ。おまえは誰よりも責任感が強くて、勇気がある。ごくろうさん。

景色が急激に昏れた。まるでいきなり照明が落ちた舞台のような暗転だった。とたんに、がらんとした車内の様子が窓に映し出された。

対いの席の乗客の胸に、今節流行の赤い薔薇が一輪。

くるなよ。おまえなんか知らない。

「やあ、ご同輩」

　男はシートを軋(きし)ませて俺の隣に座った。

「どちらまで？」

　俺は正面に向き直った。暗いガラスに疲れ果てた二人の戦士が、背広の胸にお揃(そろ)いの薔薇をさして座っていた。

「西荻(にしおぎ)ですが」

「そりゃお近くていい。私は豊田(とよだ)ですよ」

「たいしたちがいはありません」

「いや、たとえ三十分のちがいでも往復で一時間、それに三十年も四十年も掛けてごらんなさい。ばかにはできませんよ」

　酔っているふうはなかった。ならばなおさら、ただ連帯を求めているといういじましさがたまらなかった。そのうえ、顔をそむけたくなるような加齢臭である。

「情けない話は勘弁して下さいよ」

　と、俺は剣呑(けんのん)に言った。

「じゃあ、どうでもいい話をしましょうか。昔からずっと気になっていたのですが、どうして西荻窪(にしおぎくぼ)をニシオギと言うのでしょうかね。省略するほど長い駅名ではないのに」

実にどうでもいい話である。しかし対いの窓に映る男の顔は、その謎（なぞ）を解明しなければ死んでも死にきれんとでもいうくらい切実だった。

「そりゃあなた、武蔵小金井（むさしこがねい）だってコガネイと言うでしょう。武蔵境だってサカイと呼ぶことはあります」

「いや、それはちがう。ムサシは武蔵野の地域名だから、コガネイもサカイも省略とは言えますまい。東中野をヒガシとは言わない。だのに西荻窪だけニシオギっていうの、無礼だとは思われませんか。住民として何とも思わんのですか」

こんなどうでもいい議論をするくらいなら、情けない話のほうがよほどましだと俺は思った。そこで突然、話題を転じた。

「もう七時を回りましたよ。ご家族がお待ちかねでしょう」

「それがですねえ――」

と、男は白髪頭を両手で撫（な）でつけて俯（うつむ）いてしまった。

「女房は一年ほど前に、ハワイに移住してしまいましてね。あんたもあとからおいでって言われたんですけど、本心じゃないと思えば行きづらいですわ。で、結局は休暇もとらずにきょうの日を迎えちまった、と」

独身女性の海外移住は今に始まったことではない。だがその流行の延長上に、世の女房が亭主を捨てて外国で暮らし始めるという現象が起こった。むろんその際の、「あんたもあとからおいで」が、本心ではないことは明らかである。文字通りの「捨てゼリフ」であろう。

「お子さんは？」

「一人娘は片付いていますから、まさか帰ってこいとは言えんでしょう」

男がすり寄ってきた目的がわかった。似た者同士、そこいらで一杯やってこうじゃないか、と言いたいのだろう。

似て非なるものである。むろんまったく同じ境遇であったとしても、見知らぬ人間と傷を舐め合うなど、俺の流儀にはずれていた。

誘われる前に、俺はきっぱりと拒んだ。

「お気持ちはわからんでもないが、あいにくうちの家内は移住していないもんでね。嫁入り前の娘も私の帰りを待っています」

「へえ」

と、男は仰天した。何もそこまで感心するほどの話ではあるまい。

「何て幸せな人だ」

「そうですかね。ふつうだと思いますけど」

「ちっともふつうじゃないさ。よっぽどまじめな人なんだな」

「いえいえ。私がまじめなんじゃなくて、女房子供がまじめなんです」

「それだけ愛されてるってことだろう」

「さて、それはどうですか。夫婦がこの齢(とし)になって愛し愛されているなんていうのは、アメリカ人のモラルでしょう。そういう言い方はピンときませんね」

「じゃあ、どうして待ってるんですか。ご家族がそこまでする根拠は、いったい何ですか」

「やめましょうよ。不毛な議論は」

「続きを新宿の飲み屋で、というのはいかがですか」

「遠慮しておきます。同じ境遇の人をお探しなさい。この電車の中には、たぶん何人かいるはずですよ」

俺は男の背を押した。こいつに悪意のないことはわかっている。俺の家族とこの男の家族の、どちらが正常であるのかもよくわからなかった。

俺とよく似た鞄を提げて立ち去るとき、男は振り返って指さした。

「バッジは返納しないのですか」

よその会社はどうか知らないが、俺の職場にそうした規約はなかった。もしかしたら男は、社章を悪用されては困るくらいの、有名企業に勤めていたのかもしれない。

男が去ってしまってから、さてこのバッジはどうしたものだろうと俺は考えた。たしかに冷淡な性格だが、女房には多少の気遣いをする。ただいま、と玄関を開けたとき、背広の襟にバッジがあったほうがいいのかないほうがいいのか、俺はひどく迷った。

薔薇の花は捨てる。

バッジははずしてポケットに入れる。

決断力が売りだった俺は、珍しく迷いに迷った末、そうすることにした。

5

西荻窪の駅前のいつに変わらぬたたずまいが、俺にはふしぎでならなかった。

コーヒー・ショップは明るい光を灯もしており、タクシーは暇そうに客を待っており、路線バスの運転手は腕時計を気にしていた。どこも、何も、変わってはいなかった。

俺はこの町で生まれ、この町で育った。杉並区の高級住宅地でも、俺にとってはふるさとであり、村でもあった。ましてや妻の実家もそう遠くはないから、東京ではまことに珍しい地元民と言えた。

家は駅から近い。しかも電車の音が耳に障(さわ)るほど近すぎるわけでもなかった。

祖父は三鷹(みたか)にあった軍需工場の技術者で、職場に近い西荻窪に家を建てた。父は終戦の年に出征したが、九十九里浜に防空壕(ごう)を掘っただけでさっさと復員してきた。そして青梅(おうめ)街道の向こう岸から嫁を貰(もら)った。ご近所だから歩いてくるのが恥ずかしかったと、母は呆(ほう)けて亡(な)くなるまで口癖のように言っていた。

妻の実家も近所といえばそうだが、まさか文金高島田で歩いて嫁にきたわけではない。都心のホテルで式を挙げ、当時としては大盤ぶるまいのグァム島にハネムーンを敢行した。そして伜(せがれ)が生まれ、娘が生まれ、父が死に、母が死んだ。

幸福な家族の歴史である。地方の農家ならば典型例かもしれないが、東京で親子四代が一軒の家をつなぎ続けるというのは、並大抵ではない。

俺より上等の大学に入り、上等の企業に就職した翔太は、結婚をすると都心の社宅に入居した。家の跡取りだからどうこうという時代ではあるまい。俺たち夫婦がいずれマンションを買い、入れちがいに翔太の家族が西荻窪の家に戻るというのは、実に名案だった。もっとも、あてにされては困るから本人に伝えてはいないのだが。

道幅が広く、緑豊かな住宅地である。俺の記憶する限り、それぞれの家が建て替えたほかに、これと言って変わった様子はない。

難癖をつけるとしたら、代替わりがうまく運ばなかった屋敷の跡地を小分けして、何棟かの建売り住宅が建ったことぐらいだろう。それにしたところで、元の区画が立派だから、きょうびはなかなかの物件だと言える。

夏の宵は湿っていた。家が近付くほどに森が濃くなるせいだろうか、湿気が増してくるように思える。昼間は涼しいが夜はかえって熱がこもる。そのかわり冬は凌（しの）ぎやすく、春の桜と秋の紅葉はみごとである。ご近所には親の代から軽井沢や箱根に別荘を持ち、夏場はまるまる留守にしている家もあるが、あいにく俺はそこまで裕福ではなかった。

街灯が引き延ばす自分の影を踏みながら、俺は電車の中で声をかけてきた男のことを考えた。たしか家は豊田だと言っていた。住宅購入の適齢期が、土地高騰（こうとう）のまっただ中であった俺たちの世代は、一戸建にこだわるならそこまで離れなければならなかったはずだ。少しタイミングをはずした連中は、一生かかっても返しきれないローンを背負わされたあげくに、地価が暴落した。

そうした現実を考えれば、俺ほど幸福な人間はいないと思う。よくわかっている。そんなことぐらいは。

女房に捨てられ、一人娘は嫁に行った、か。あいつはきょう、どこに帰るのだろう。

それにひきかえ、俺にはこんな近くに家があり、妻も娘も帰りを待っている。伜はメールをくれたし、一晩を共に過ごしたいというかつての恋人も振った。何とも贅沢な人生だ。

この期に及んでも、まだ俺が誓い続けねばならぬこと。けっしてきょうを特別の日にしてはならない。贅沢な人生を与えられた俺なのだから、きのうのように、おとついのように、あるいは一年前のように十年前のように、冷静でなければならない。

欅の森の中の、八十坪あまりの土地。二世帯が住まうには十分な広さだが、わがまな舅姑に仕えた妻がまっさきに反対した。

そのかわり、築七十年を超える古家に見ちがえるようなリフォームを施し、門も塀も明るい南仏ふうに造りかえた。

もっとも、改装したその当時は南仏など知らなかった。勤続三十年の長期休暇では、迷わず妻とプロヴァンスだのコートダジュールだのを旅した。

ぜんぜんちがうわねえ、と妻は言ったものだが、デザイナーの言うなりの「南仏ふう」を恥じた様子はなかった。旅をおえて戻ったあと、妻はエクステリアにそれらしい工夫をし、花の種類も変えた。すると何となく、本物と似たような感じになった。一貫した思想には欠けるかわり、柔軟で寛容な女だった。彼女が造りかえることができなかったものは、たぶん亭主だけだろう。

家の前で立ち止まり、流れる汗を拭った。俺が子供のころには、この道も一雨降れば長靴がすっぽ抜けるほどのぬかるみになったものだ。それがほどなく砂利道となり、やがて舗装された。家庭排水がそのまま流れ出ていた側溝も、いつのまにかなくなった。

さして顧みたためしもなかったが、変らぬ街並とはいえこんなふうに、住みやすい環境が整えられてきたのだな、と思った。

俺は自称南仏ふうの門扉を開け、大欅に囲まれた家を見上げた。

十年ほど前に大改装したときには、揉めに揉めた。俺は根こそぎの建て替えを主張し、妻はリフォームにこだわり、結局俺が譲ったのだが、どう考えても新築より金がかかったのだから揉めるのも当然だ。

俺は生まれた家に未練などなかった。むしろ祖父母や父母の恩恵を蒙っているとは、もう考えたくなかった。しかし妻は、おそらくその恩恵を大切にしようと考えていた。

だから新築よりも金がかかって当たり前、というわけだ。

かくして築七十年の古家は、まさか古民家とまでは言わぬが、昭和のプチ・ブルジョアの権威と自負を損うことなく、なおかつ先進の設備と「南仏ふう」の美観もきちんと導入して甦った。

おかげで翔太が嫁を取ったら、両親はただちに都心のマンションに引越すという当初の計画は変更を余儀なくされた。改装に金をかけすぎたために、その後の貯えと退職金を当てねばならなくなったからだ。

だが、それでよかったと思う。

俺は新築以上に金のかかったこの古家が、とても気に入った。古材の温もりや漆食壁のたおやかさや、祖父の自慢にしていた踊り場のステンドグラスの美しさは、齢が行かねばたぶんわからない。

しみじみよかったと思う。きょうという日を、この家で迎えることができた。

「ただいま」

さして考えるでもなく口にしたとたん、ああこれが最後の帰宅宣言だと気付いた。だったら今少しおごそかに言えばよかった。

「おかえんなさい」

レエスのカーテンが溢れ出る二階のベランダから、沙織が顔を出した。

「かあさんは？」

「お庭」

俺の口から言うのも何だが、身びいきなしの器量よしだと思う。そればかりではなくプロポーションも性格も、両親の欠点はすべて受け継がず、長所ばかりを組み合わせればこうなるのだ。

沙織という名前は傑作だと思ったのだが、ご近所には同い齢の沙織がほかに二人いた。そのうちの一人は、同姓同名の高橋沙織だった。

俺は荷物を玄関に置き、庭に続く薔薇のアーチをくぐった。

「おとうさん」

夜に咲く薔薇の上の、壁に絡みつくクレマチスのさらに高みから、沙織の声が降り落ちてきた。

「ごくろうさまでした」

ああ、とだけ俺は答えた。無感動を装うことしかできなかった。きょうを特別の日にしてはならない。

「あとで話があるんだけど」

「今でもいいぞ」

「あとでね」

あと、とはいったいいつのことだろうと俺は考えた。相談の内容などはどうでもいい。従順な性格の沙織が、俺を困らせるような提案をするはずはなく、たとえそうであったにしてもすべてを甘受できるほど、俺は沙織を愛しているのだから。

あと、とはいったいいつのことなのだろうと、俺は考え続けた。

夜の庭に出た。

「あら、おかえんなさい」

妻が俺の声に気付かなかったのは、開け放たれたリビングルームからラジオの音が溢れ出ているせいだった。

夏子(なつこ)はテレビを見ずにラジオを聞く。雑誌は読まずに小説を好む。パソコンとも携帯電話とも無縁の女だった。

「どう。きょうという日に狙(ねら)い定めたつもりなんだけど」

夏子は泥だらけの手を腰に当てて、いかにも、どうよ、といいたげに庭を見渡した。

一日に狙いを定めて花を咲かせることなどできるのだろうか。ともあれこれほど一斉に花々が咲き揃った庭を、俺はかつて見たことがなかった。

「やったね。これで満足。ピンクと白の日々草をへりに回してですね、その内側に色分けしたペチュニア。二階のベランダからはブーゲンビリアでしょ。壁にはクレマチス。でも何と言ったって、主役は薔薇ですね。背景は純白のサマースノーと真赤なドルトムント。ステージにはジャック・カルティエの大輪でしょ。黄色はグラハム・トーマスね。マチルダ、ブルームーン、ええと、これ何だっけ」

俺はしばらくの間、妻が育て上げた奇跡の花園に呆然と佇んでいた。薔薇の名前など知らない。だが花心などない俺ですら声を失って立ちすくむほど、庭は美しかった。

「今まで気付かなかった」

「いいのよ。きょうに狙い定めたんだから」

「そんなこと、できるのかよ」

「まだまだ。私の遠大な計画によればですね、完成するのは真夜中です」

「真夜中って、おまえ――」

「べつにガーデニングを続けるわけじゃないの。人事をつくして天命を待つってやつ。つまりですね、このまま気温が下がるといったんすぼんで、それから一気に熱が加われば、蕾までがいっぺんに開くはずなの。きっとすごいわよお。今からワクワクするわ」

俺は泥にまみれた妻の横顔を窺った。けっして夫唱婦随ではなく、ことあるごとに競り合ってきたが、やっぱりこいつにはかなわない。

「一瞬じゃないのか」

夏子は笑みを絶やさずに答えた。

「そうね。たぶん、一瞬。でも一瞬っていう尺度はすこぶる曖昧ですね。一瞬をすなわち永遠とする尺度があってもいい。うまいことを考えたと思うんだけどなあ」

6

まもなく午前零時から、天皇陛下の玉音を拝します。

なお、この放送は録音ではありません。畏くも天皇陛下におかせられましては、吹上御所内にてマイクの前にお立ち遊ばされ、日本国民に親しくお声をお伝えになられます。

また、玉音放送に先立ち、政府を代表して内閣総理大臣の訓話を放送いたします。

この放送はＮＨＫならびに全国民放各局より、テレビ、ラジオを通じて同時中継されています。

「テレビにするか」

「ラジオのままでいいわよ」

どちらかといえばラジオだろうと俺も思った。さもなくばスイッチを切るか、だ。

その選択は酒も同様だろう。ビールか日本酒かブランデーか、まさかシャンパンはまずかろうが、どれかといえばワインだろうと思う。さもなくば酒を飲まぬか、だ。

夏子はこの日のためにとっておきのワインを用意していた。一本はいただきもののビンテージ、もう一本はプロヴァンスで買ってきたまま、ずっと冷蔵庫の底に眠り続けていた逸品である。

俺と夏子は飲みかつ食い、したたか酔っていたが、沙織はワインを口にしなかった。

「おまえ、あとで話があるって言ってたな。もうあとがないぞ」

夏子が俺を睨みつけた。あとがない、はあるまいと俺は反省した。誰もがあきらめてはいるが、悟りを開いているわけではない。言葉には細心の注意が必要だ。

「どうしようかな。まだ考えてるんだけど」

子供のころから、暗いわけではないが静謐な雰囲気がある。そのくせ自分の道は自分で決めてきた。

大学受験のときも両親が口を挟むまでもなかったし、大学院に進み研究室に残ることも、相談するというより事後承諾を求めただけだった。勝手といえばそうだが、まるで手のかからない子供であることはたしかだった。

だから親としては何も言えない。何を言い出すのかは知らぬが、考えがまとまるまで黙っているほかはなかった。

家族はリビングルームのソファに沈んで、夜気にすぼんだ花々を眺めながら、ラジオ放送に耳を傾けた。

天皇陛下のお言葉に先立ち、日本国政府を代表して国民の皆様に対し、甚だ僭越とは存じますがひとことお礼を申し上げます。どなたにとっても等しく残り少ない、貴重なお時間を拝借できれば幸いです。

このたびの災厄である超巨大高速彗星「ＭＨＣ」の衝突が予測されたのは、わずか三年前でありました。

人類が五千年にわたって営々と築き上げてきた叡智を、いかように結集してもきょうという日を回避できぬことは当初からわかっておりました。世界各国は迷うことなく情報開示の原則にのっとり、一斉に科学的事実を公表し、「ザ・ディグニティ・オブ・ヒューマン」、すなわち「人類の尊厳」を世界共通の合言葉として、きょうに至る日々を歩み始めました。

その間、各地において多少の混乱はありましたが、それらはけっしてわれらの合言葉を阻むほど大規模なものではありませんでした。むしろそのような混乱に対する批判が、「人類の尊厳」というわれわれの意志を、より強固に、より高らしめたことはたしかであります。

この三年の間、人類社会を主導したのはわたくしども政治家ではありません。国際連合、世界平和宗教者会議、世界学術者会議、国際ペンクラブ、その他もろもろの文化団体が社会を牽引し、政治家はその提唱に順って実務を担当して参ったに過ぎません。

政治権力が文化を庇護するのではなく、人類の文化に政治が服うてこそ、理想社会が実現するのだとわれわれは知りました。

どうかみなさまも、この三年の間に人類がなしとげた偉業を顧みて下さい。

核兵器の完全廃棄。地球環境に対する全世界の意志統一。発展途上国への無償援助。

死刑制度の全廃。各国軍事力の、災害時における即時無条件救援。

そのほかにも、われわれ人類が五千年の歴史の最後の三年間でなしとげた業績は、枚挙にいとまありません。

われわれはついに利欲を去り煩悩(ぼんのう)を去って、父祖がかくあれかしと望んだ理想社会を、ここに実現いたしました。

来たるべき日は訪れました。

しかし政府に寄せられる報告に接する限り、社会の動揺は皆無と言えます。諸外国においても、状況は同じであります。

この人類史上最もすばらしき一日は、ひとえに全世界の人々が、さきの国際連合解散大会において採択された最終決議案を、ひとり残らず遵守(じゅんしゅ)された結果であります。

「きょうを特別の日にしない」

どうかもういちど、それぞれの胸のうちにこの国連決議の文言をご確認下さい。

きょうという日を、けっして特別の日にしなかった日本国民に対し、日本政府を代表して深く敬意を表します。

ご清聴ありがとうございました。

「沙織ちゃん――」

ワイングラスを胸前に抱いたまま、妻が呼びかけた。

「おとうさんとおかあさんを、二人きりにしてくれないかな」

沙織の瞳が母を見上げた。

「でも――」

「でも、何なの」

「きょうは特別な日じゃないから」

母と娘のやりとりが、俺にはわからなかった。

女とは何と高等な生き物なのだろうと思う。父と息子の間では声に出してもまだわからぬことだらけだが、母と娘はまるで暗号のようなわずかな言葉で意志を通じ合う。

「おいおい、今さら夫婦で何の話し合いだよ」

これまで知ってはいても知らぬふりをしていた夫の不実を、この期に及んで妻が責め立てるのではないか、と俺は思ったのだった。

夏子は苦笑した。何だかものすごく人を馬鹿にしたような視線を俺に向けて、「バカ」と言った。それから実に信じ難いことには声に出して、詰問に怯えていることまで読みすかされてしまった。

「おとうさんが」

沙織が俺を見つめた。

「俺が、どうかしたか」

妻と娘の前で、俺ひとりが素裸になっているような気がした。女は上等な生き物だ。

「許してくれるかな、おとうさん」

いったい何の話をしているのだ。ともかく不実が暴(あば)かれるわけではなさそうなので、俺を馬鹿よばわりした妻に訊(たず)ねた。

「はっきり言ってくれよ」

夏子と沙織は俺の馬鹿さかげんにほとほと困り果てたような、そっくりの溜息(ためいき)をついた。

「ねえ、あなた。きょうが特別の日ならここにいるべきでしょうけど、特別の日じゃないんだから恋人のところに行くべきよ。つまり、そういうこと」

俺は混乱した。夏子は何か明晳(めいせき)なことを言ったらしい。あれやこれやと考えた末に、俺はようやく妻の言葉を理解した。

「おまえ、カレシ、いたのか」

声が裏返ってしまった。二十五にもなって恋人の影も形も見えないのは、多少の不自然さはあれ、父親としては不安も不満もなかった。

　理由なき憤りを、俺はかろうじて笑顔に変えた。

「何で紹介してくれなかったんだよ」

「だっておとうさん、私が大学に入った年のクリスマス・イブに、尾行してたじゃないの。変装なんかしちゃって」

「知ってたのか——」

「バレバレよ。友だちに教えたら、みんな大笑い」

　あの晩、表参道の交叉点にたむろしていたグループのうちのひとりと、沙織は交際を始めたのだろうか。いささか短絡的ではあるが、俺はそんなラブ・ストーリーを勝手に想像した。

　だが、今さら恋愛の経緯などはどうでもよかろう。沙織に愛し愛された人がいるという事実を、俺は素直に祝福しようと思った。

「車、使っていいぞ。ぶつけるなよ」

　沙織はこくりと肯いた。小さなころから、俺が何かを言うとハイでもイイエでもなく、静かにこくりと肯く子供だった。

　バッグひとつを提げて娘は立ち上がった。ローライズのジーンズとTシャツだけで、体が冷えやしないかと俺は心配した。

古いマホガニーの扉に向き合って、沙織はしばらくうなだれていた。それから小学生のような回れ右をすると、父と母をきっかりと見据えた。

「きょうは特別の日じゃないから、彼に会いに行くね。セイちゃんはすごくやさしい人なんだよ。おとうさんとおかあさんのところにいなさいって言ってくれたの。でも、セイちゃんはひとりぼっちなんだ。ずっとひとりで生きてきたから、きょうもひとりのほうがいいって言ってたけど、そんなはずはないと思う。きのうさよならしてから、ずうっと考えてた。私、セイちゃんのお嫁さんになりたいです。何ひとつ世の中のお役に立てなかったし、おとうさんとおかあさんに親孝行のひとつもできなかったけど、もういっぺんだけわがままを言わして下さい。私、どうしてもセイちゃんのお嫁さんになりたいです。ごめんなさい。行ってきます」

沙織は行ってしまった。

車の音が遠ざかるまで、俺と夏子はぼんやりとグラスを見つめていた。

「おまえ、知ってたのか」

ううん、と声に出して妻はかぶりを振った。

「そうじゃないかなあって、今さっき気付いたの」

「間に合うかな」

「そのくらいの計算はしてるでしょう。道路もすいてるでしょうし」

庭が時ならぬ朱色に染まっていた。子供の時分に原っぱから見た、夕焼けの色だった。

天皇陛下の短いお言葉のあと、ラジオ放送は人間の声のかわりに祖国の童謡を絶え間なく流し続けた。

すばらしい選曲だった。しかも交響楽団の生演奏で、タクトを振るのは世界的な名指揮者だった。

「どこの国も同じことをしているらしいわよ」

テラスにデッキチェアを据えながら、夏子が言った。

それは知っている。ドイツではベルリン・フィルがベートーヴェンを演奏し、ウィーンでは華やかなシュトラウスが流れ続けている。

フランスはモーツァルトの予定だったのだが、最近になって国粋的な議論が起こり、ラベルかフォーレかエリック・サティかと紛糾した末に、国民投票を行ってドビュッシーが選ばれた。

モーツァルトは割を食った格好だが、国家的プロジェクトのほかではやはり最も多く演奏されているだろうから、彼らしい収まり方だとも言える。アメリカは四軍の軍楽隊が総動員で、スーザのマーチを派手に流し続けているらしい。まったく懲りない国だとも思うが、この三年間の世界をまとめ上げた功績は評価すべきだろう。しかるのちにスーザのマーチならば、粋な選曲だと思う。

秀逸はイギリスである。世界中のミュージシャンが結集して、ビートルズのナンバーを歌い続けている。ステージに立つポール・マッカートニーとリンゴ・スターの人生は、羨んで余りある。俺の個人的趣味でいうなら、これを聞きたかった。

だが、日本の選曲も悪くはない。

国家と世界という、不可分にして不統一の社会概念に翻弄された苦難の歴史ではあったが、ことと文化について考えるのであれば、借り物はやはり据わりが悪い。

「若月のやつ、きょうは会社に泊まりだそうだ」

泊まり、という言い方が適切かどうか、ほかに言いようがないのだから仕方あるまい。

「どうして俺なんだよ、って駄々をこねてやがった」

俺たちはデッキチェアに身を横たえた。家を改装したとき、夏子が通信販売で注文した二脚の椅子であるようなものを想定していたのだが、届いてみれば法外な値段に思えるぺらぺらのプラスチックだった。

あのときも喧嘩になった。返品すればいいんでしょ、と夏子は言い、みっともない真似はよせ、と俺は叱った。

しかしこうして花園のテラスに並べてみると、まんざらでもない。

「あなたじゃなくてよかったわ」

「ああ、まったくだ。どうして俺なんだよ、って声を聞いたとき、背筋がひやりとしたよ」

「天皇陛下も総理大臣も、同じことを考えてらっしゃるわよ、きっと」

「どうして俺なんだよ、か」

運命を凝視し続けた三年の間に、人類は飛躍的な進化をとげたのではなかろうか、と俺は思った。科学の進歩ではない、生物としての進化を、だ。

若月は社長としての責務を全うする。個の事情より公の責任にプライオリティを置くがゆえである。同様の理由から、残務に精を出す社員は多かった。

ガード下の飲み屋も、電車の運転士も、タクシー・ドライバーも、ほとんどの人間は内心「どうして俺なんだよ」と呟きながら、きょうを特別な日にはしなかった。これは飛躍的な人間の進化の結果だ。

けっして特別な一日ではない。その証拠に夏子はいつに変わらぬ普段着にエプロンをかけており、俺は着古しのトレーニングウェアにサンダルをつっかけている。

庭はいっそう朱色に染まっていた。

「きょう一日、どんなことを考えてたの」

さてどうだったろうと、俺はきょうという日を振り返った。

「俺は世の中の人ほど進化してないからなあ」

「進化、ですか」

「ああ。だから朝起きたときな、自分で自分に魔法をかけた。俺はきょうで定年を迎える、って」

夏子はワインを噴きこぼして笑った。

「あなたらしいわ。そう思いこむことにしたのね」

「どっちにしろ、あと三ヵ月で定年だった。思いこむのは簡単さ」

俺はおのれの卑小さを恥じねばならなかった。妻がきょうの日に狙い定めて丹精こめた花園は、みごとにその狙い通り、妙なる美しさを兆し始めていた。

花々は一斉に首をもたげ、蕾は見る間に膨らみ、庭はたちまち豊饒な香りに満ちた。

背景は純白のサマースノーと真赤なドルトムント。ステージにはジャック・カルティエの大輪。黄色のグラハム・トーマス。マチルダ。ブルームーン。花壇のへりにはピンクと白の日々草が咲き誇り、色分けされたペチュニアがすきまを埋めていた。ベランダからはブーゲンビリアの瀑布がなだれ落ち、壁を被う蔓には青いクレマチスが満開だ。

「夏子。おまえ、すげえな」

妻の横顔がまるで知り合ったころのように若やいでいるのは、気のせいだろうか。

ワインを飲み干して、夏子はデッキチェアの背に身をもたせた。

「すごくなんかないわ。みんな同じよ。これからの一瞬は人生よりずっと長いの」

人類はとてつもない進化をとげた。一瞬という尺度を永遠にすりかえる方法を編み出すほどに。

「それじゃあ、ごくろうさんは言わずにおこう」

「もちろんよ。さ、楽しみましょう」

俺たちが五千年の歴史と信じている人類の時間も、実はその途中で起こった同じ現象の、一瞬の間の出来事なのだろう。

そう悟ると、掌の中のグラスが砕け散っても、薔薇垣の上に見知らぬ巨大な太陽が姿を現わしても、俺は怖(おそ)れなかった。

妻の手をまさぐって、俺は目をとじる。

彗星(すいせい)の赫(かがや)きを押しとどめ、薔薇の香りに包まれた長い時間が、これから始まる。

琥珀（こはく）

同じ年配の客はみな口を揃えて時の流れの加速を嘆くのだが、荒井敏男には四十五からのこの十五年がことほどさように駆足で過ぎ去ったとは思えなかった。暮らしがあまりに単調なせいだろうか。

客商売といっても顔ぶれは決まっている。朝の九時には市民病院の看護師たちが、夜勤明けの疲れた顔をカウンターに並べる。初老の店主などコーヒーを淹れる機械だとしか思っていないらしく、はたに洩らしてはならぬはずの噂や愚痴を、さんざ撒き散らして帰って行く。

午下りにやってくるのは漁師と魚市場の若い衆で、酒場が開くまでにはまだ間があるがパチンコは好きではないという、妙な律義者たちだった。

そのほかの客といえば三陸をさすらう旅人だが、このごろでは数にも入らなくなった。なにしろ駅前の観光センターが廃墟になったまま買い手もつかぬほどなのだから、裏路地の喫茶店で一服する客などそうそういるはずはない。

日が昏れれば店は閉める。酒を売ればいいのに、と看護師も漁師も言うのだが、荒井は日々を食い凌ぐほかの稼ぎをするつもりがなかった。

味に自信のある分だけ高めのコーヒーを日に十杯。そんな稼ぎでも食って行けるのだから、この田舎町はありがたい。

十五年の時間が怖ろしいくらい長く感じられたのは、何の欲得もないこの暮らしのせいだろうと、荒井は信ずるようにしていた。ほかの理由は何ひとつないのだ、と。

店の二階は四畳半に台所の付いた住いである。窓からは夏も冬も同じ色に煤んでいる北国の海が見渡せた。朝日が射し入るほどの好天はめったにないが、そのかわり海鳥の声に驚いてはね起きることはしばしばだった。ともあれ窓いっぱいに拡がるこの景色のおかげで、無駄な外出をしなくてすむ。

地球が温まっていると言われるわりには、早い冬がやってきた。十一月の半ばに初雪が降り、十二月の初めには窓辺の風景も白一色になった。吹きすさぶ海風のおかげで積雪は少いが、寒さはそれだけ厳しい。

秋刀魚漁が終われば出稼ぎの漁船も南に帰って、過疎の町はいっそうわびしくなった。

目覚めれば何よりもまず仏壇に向き合って、般若心経を三べん唱える。生まれついて信仰心など持たぬのだが、そのお経は宗派にかかわらず死者の供養になると知ってからは、毎朝のならわしになった。

小さな仏壇に位牌はなく、すっかり色褪せた妻の写真が置かれている。亡くなる前のほうが美しさはまさっていたと思うのだが、たった一枚の写真は知り合って間もないころの、あどけない笑顔だった。読経のあとで遺影に齢を重ね、死の直前の最も美しかったおもざしを想像するのも、毎朝のならわしだった。

線香は立てない。煙が狭い梯子段を伝って階下に蟠るからである。客に悟られたくもないし、何よりもコーヒーの香りと線香の相性は悪かった。

店の名は「琥珀」という。このあたりの山から採掘される、貴重な古代の樹脂である。

もっとも、荒井が命名をしたわけではなかった。居抜きで借りた店の、看板さえも変えなかった。

何でもそこそこに繁盛していたカウンター・バーだったのだが、ひとりで店を切り盛りしていたマダムが行きずりの客と懇ろになり、あとさきかまわず駆け落ちをしたそうだ。パトロンは港の顔役だったというから、不貞が露見してとるものもとりあえず逃げた、ということであるらしい。

大家も周旋屋もそのあたりの経緯は語らず、べつに知りたくもなかった。しかし往生したのは、いかにもあとさきかまわず逃げ出したらしいマダムの家財だった。

看板どころか、二階のベッドや鍋釜や、からっぽの仏壇までが居抜きだった。使えるものは使って、捨てるものは捨ててくれと大家のばあさんは言った。しかしそうまで勝手にしたのでは万が一にも悶着の種になるのではなかろうかと考え、化粧品や衣類は段ボールに詰めて押入れの中に眠らせた。

妻の遺品は何ひとつないのに、見知らぬ女の残り香にくるまれて十五年が過ぎた。

もともとが酒場の造作だから、店には窓がない。ただドアの脇に身の丈ほどの細長いステンドグラスが嵌まっていて、裏路地を過ぎる人影や雪模様を窺うことはできた。厚く淀んだガラスが店の名にちなむ琥珀のひといろであるのは、なかなか洒落た趣味だとは思うが、そのことに気付く客はなく、荒井も説明したためしはなかった。

掃除は夜のうちに済ませてある。琺瑯のポットに湯が沸く間、止まり木の椅子に腰を下ろして一服つける。そうして、琥珀の中に封じこめられた、古代の昆虫になる。息を殺してやり過ごしてきた歳月が、ようやく満ちる。

クリスマスも年の瀬も、どうでもいい。あと一週間で、自分を縛めていた樹脂が溶け去る。

荒井敏男は真白になった髪の根を両手で摑み、世人の感慨とはうらはらにいよいよ淀むばかりで流れてはくれぬ時間を、奥歯の軋るほど呪った。


無人の改札を抜けて駅頭に立ったとたん、米田勝己はほんの思いつきで列車から降りてしまったことを悔やんだ。

三陸では名の知れた港町だから、うまい酒も珍しい肴もあるだろうと考えたのだった。三日間は乗り降り自由という切符は気儘な一人旅にはもってこいだが、勘の鈍い男が使うべきではなかった。

振り返れば二両編成のストーブ列車は、ざまあみろとばかりに雪煙を蹴立てて去って行った。駅前のビルは観光センターの看板を傾げさせてシャッターを下ろしており、タクシーの運転手たちは物欲しげに、季節はずれの旅人を見つめていた。

こんなうら寂れた町に降りるくらいなら、途中の無人駅のほうがなんぼかましだった、と思った。ここには何もない。酒も肴も湯宿もあるまい。

なおいまいましいことには、運転手たちの視線をかわして歩き出したとたん、携帯電話が鳴った。手袋がないので、ダウンコートの袖の中で電話機を握った。口を被って声をひそめるのは長年の習慣である。

「携帯にはかけるな、いうとるやろ」

娘は悪びれもせずころころと笑った。

「そやかておとうちゃん、仕事やないもの」

「どうしてわかるのや」

「家にいてへんから署に電話した。課長さんがていねいに説明してくれはったえ。ヨネさんなら定年前の休暇を使わなならんさかい、一人旅に出ましたでえ、こっちは年の瀬のヤマをえろう抱えとりまして、猫の手も借りたい忙しさやけど、ええですなあ、わしも早よお役ご免になりたいわあ」

「おまえ、親をおちょくっとるのんか」

「まんまやもん。文句があるんなら課長さんに言うて。ヨネさんは猫以下ゆうことやし。ほんで、おとうちゃんどこにいてはるん」

「どこでもええやろ。早よ用件を言え。おとうちゃんは忙しいんや」

「はいはい」

「はいは一度でええ。何の用事や」

ほんの一瞬、娘はおし黙った。快活な娘の沈黙は怖ろしかった。

「おかあちゃん、どうかしたんか」

「うん。どうかした」

「どうかって、どないしたんや」

背骨を引き抜かれでもしたように、体が挫(くじ)けてしまった。地べたを吹き過ぎる粉雪に巻かれて、米田は蹲(うずくま)った。

「悪い話やないさかい、落ち着いて聞いて」

少し気持ちが楽になった。娘の声は別れた妻にそっくりだった。

「おかあちゃんな、結婚することになったの。もうおたがい齢やさかい、籍を入れるだけでええ言うてたけど、お正月休みにグァムで式を挙げることになったんや」

たしかに悪い話ではなかった。だが米田は立ち上がることができなかった。

「何や。グァムで結婚式か。おまえと同(おんな)しやないか」

「私が勧めたんや。そうせえて。面倒がなくてええよ。誰も来(き)いへんし、思い出にはなるし」

物言いには棘(とげ)があった。一人娘の結婚式にだけ夫婦を装(よそお)って出席する欺瞞(ぎまん)を、米田は恥じたのだった。父親の頑固な正義感のせいで、娘は祝福する人もいない式を挙げるはめになった。

もともと団欒(だんらん)などには縁遠い家族であったから、別居と離婚の経過にはさほどの苦痛もなく、不自由も淋(さび)しさも感じなかった。だが別れてから一年も経(た)ぬうちに娘が他人のものとなり、それから二年ののちにかつての妻が再婚をする。ひとりになってしまったと、米田はようやく思った。

「そうか。ほしたらおとうちゃんも、嫁さん探してグァムで結婚式を挙げなならんな。ほっとしたわ。悪い話やのうてよかった」

足元を吹き過ぎる粉雪が力を奪ってゆくような気がして、米田は立ち上がった。空は低く濁り、眩(まばゆ)くもない弱陽(よろび)が銀色の皿でも置いたようにぽつねんと架かっていた。

リュックサックを揺すり上げて、米田は行くあてもなく歩き出した。

「課長さんと少し話したんやけど」

「余計なことすなや」

「そやかておとうちゃん、うちの人も心配しとるんやで。警察かて手は足らんのやから、嘱託でも何でも残る気になればできるやろに」

「課長がそないに言うたか」

「言うとったよ。ヨネさんは頑固であかんて」

「よう言うわ。おとうちゃんは聞いてない。人事からは通りいっぺんの説明をされたが、署の連中はみんな、さっさと出てけえいう顔しとるわい」

「それはおとうちゃんの思いすごしや。うちの人かて公務員みたいなもんやから、ようわかってる。定年やいうて再雇用も再就職の斡旋も断わるいうのんは、へそ曲がりや」

「自衛隊と警察を一緒くたにすな。お節介な亭主に言うとけ。二十何年かたって自分の番が回ってきたとき、へそ曲がりなんぞと言われんようにせいだい働いておくこっちゃ。切るど。おまえと無駄話しとる暇はない」

そうは言っても、電話機を耳から離せなかった。いくら話そうと対話が不毛であることはわかっているのだが、娘の声はここちよかった。

「おとうちゃん、いまどこにいてはるん」

少しの沈黙のあとで、娘は泣き声になった。光のない太陽に向かっていちど咳いてから、米田は答えた。

「ようわからん。うまい酒と肴を探しとったら、ようわからへんところに来てしもうた」

「これからどないするつもりなの」

「寒くてかなわんさかい、温いコーヒーでも飲んで温泉宿を紹介してもらうわ」

「そやなくて、これからどうやってくつもりなのよ」

「つまらん心配すなや。四十何年もおまわりをやれば、どう転んだところで食うには困らんど。むしろ問題は嫁はん探しや。そのうちおとうちゃんもグァムで結婚式やるさかいな、おかあちゃんにはあんじょう言うといてや。お幸せに、て」

答えを聞かずに、米田は電話を切った。娘の啜り泣きがつらくてならなかった。

父母のいわゆる熟年離婚を聞いたときも、よほど思いがけなかったはずであるのに、娘はあっけらかんと認めるふりをした。その気丈な娘が取り乱すほど、今の父の立場はみじめなものなのだろうか。

港町は歩くほどに静まり返った。足元を危ぶみながら歩くうちに、鴎が群れる運河を渡った。流れと満ち潮が鬩ぐ時間なのであろうか、岸辺に舫われた漁船がごとごとと腹をぶつけ合っていた。

鋼鉄の欄干にもたれてしばらくその騒擾を眺めているうちに、いっそ電話機を投げ捨ててしまおうと手を上げかけたが、すんでのところで思い直した。電源を切ると、町がいっそう静まり返ったような気がした。

別れた妻が五十を過ぎて再婚しようとする相手は、いったいどんな男なのだろう。

この際最も重大な関心事なのだが、娘に訊ねることはできなかった。

おそらく男にも年相応の事情はあろうけれど、面倒なしがらみがなければよいと思う。酒癖も女癖も悪くはなく、暴力もふるわず、思うところをきちんと言葉にできる男ならなおいい。

辞めていった先輩たちはみな、四十年の歳月が夢のように短かったと言ったが、米田にはどうしてもそうとは思えなかった。顧みてもその数量にふさわしい、長く重い月日だった。

それはたぶん、手柄といえるようなものが何ひとつなかったせいなのだろう。まがりなりにも警察官を四十二年もやれば、語りつくせぬほどの武勇伝は誰にもあるだろうに、幸というべきか不幸というべきか、米田には他人に誇るほどの勲しがなかった。

辞令は正月明けだから、今年は年末年始の勤務につけてほしいと願い出たのだが、新任の若い署長が言うのには、とにもかくにも休暇を消化するのが優先事項だそうだ。どうやら米田が辞めるころになって、警察もようやく世間なみの職場に変わったらしい。

家庭の事情を説明する気にもなれぬので、旅に出ることにした。いや正しくは、旅にでも出るほかはなかった。

四十二年の歳月の最後の十何日が、こんな腑抜けた過ごし方になるとは思ってもいなかった。もう終わってしまったのか、まだ終わっていないのか、米田にはわからない。わからぬ分だけ、ことさら長く重い時間が流れていた。

溜まった休暇などどうでもええさかい、勤務につけるか馘切るか、どっちかにしてもらえまへんやろか。

倅のような署長に向かって、少しも冗談ではなく、米田勝己はそんなふうに毒づいたのだった。

夜勤明けの看護師たちはきょうも姿を見せなかった。

郊外に開業したショッピング・タウンには国際的なチェーンのコーヒー・ショップもあるそうで、彼女らを拐したのはその店にちがいない。

商店会はささやかな出店反対運動をしたが、地域活性化という行政の一声であきらめてしまった。市民たちは大歓迎に決まっているのだから仕方がない。

あんな立派なものを作ってもやって行けるはずはない、という商店主たちの希望的観測はみごとに外れ、巨大ショッピング・タウンは市民の消費を独占してしまった。

雪を被らぬ屋内駐車場に車を入れ、生活に必要な品物はすべて購えるというのだから、実ははなから結果は知れていた。

秋口に開店したその怪物を、荒井敏男は見たためしがない。おそらくいまだ足を踏み入れたことのない市民は、よほどの病人と年寄りと、自分くらいのものではあるまいかと思う。

話がはずめばコーヒーのおかわりをしてくれる看護師たちが、巨人の懐に搦め取られたのは痛打である。

だがあと一週間、地を這うようにしか進まぬこの時間を耐えさえすれば、きっと世界が変わる。

看護師たちのかわりにドアを開けたのは、これでもかというほど腰の曲がった大家のばあさんだった。

止まり木によじ登って番茶を啜りながら、ばあさんはまるで愛の告白でもするように恥じらい躇いしたあげく、荒井さん申すわけねがんすが家賃さ呉でくなんせ、と言った。

独り暮らしで何とか頑張ってきたのだが、親類たちに説諭されて、とうとう施設に入居することになったのだそうだ。やつらの目当ては亭主の残した家作の賃料にちがいないから、ここは追い銭だと思って早めに払ってくれまいか、ということであるらしい。

んだば、ばあさま。この店も畳まねばならねえようになるんではねが、と荒井は驚いて訊ね返した。

そんたなこどはさせね、とばあさんは言ったが、むろん保証などあるはずはなかった。

荒井は二階に上がって、月末の家賃のほかに貯え（たくわ）のいくばくかを封筒に入れた。年が明けたら坊さんに供養（くよう）をしてもらうつもりの金だったが、そういう事情ならば女房も許してくれるだろうと思った。

わずかな家賃は十五年の間、一度も値上げされることもなく、契約の更新すらしていなかった。

ばあさんは封筒を改めるなり仰天して、おめはんはええ人だじゃ、こんたなことになるくれえなら養子にしておげばえがっだ、と洟（はな）を啜った。

ばあさんは地吹雪の流れる裏路地を、冥途（めいど）に旅立つように消えてしまった。

客が減ったうえに、店の行く末までわからなくなってしまったが、この一週間をやり過ごせばきっと世界が変わる。

「あのう、すんまへん」

間近に声を聞いて、荒井は身をすくませた。空耳だと思う間もなく、忘れかけたふるさとの言葉が畳みかけられた。

「凍え死にそうや。熱いコーヒーを一杯、うう、さぶ」

客は荒井より先に、まるで転げこむように身をこごめながら店に入った。

とっさに裏路地の左右を見渡した。捜査員が一人で行動することはないという原則は知っていた。人影は見当らなかった。

十五年の間に、関西弁を耳にしたことがなかったわけではない。悪いふうに考えるのはやめよう。

暇を持て余した定年後の男が、若い時分の一人旅に思いを馳せながら、雪の来た三陸をさまよっている。女房のみやげに名産の琥珀のブローチでも買おうと駅に降り立ったはよいものの、あまりの寒さと町の寂れように驚いて、とりあえずはコーヒーでも飲もうと思った。

そうにちがいない。

その男をひとめ見たとたん、それこそ瞬きをする間もなく米田勝己は確信したのだった。

だからあえて見定める必要もなく、そそくさと店に入った。けっして勘などではない。交番の机に貼り付けられた手配書と、十五年も睨み合っていたのだからまちがいようはなかった。

川俣新太郎。五十九歳。いや、生まれは十一月だったから、六十になっている。所轄署管内の事件ではないが、今年中に時効を迎える重要指名手配犯として、府警本部から新しい手配書が回ってきていた。

今さらこないなもんをこしらえてホシが挙がるくらいなら、わしらの苦労は何もないがな、とぼやいて若い連中の顰蹙を買った。四十五から六十の間にどれくらい面相が変わるかは、同い齢の自分がよく知っていた。

ところがどうやら、十キロも肥えたうえに頰がたるみ、頭もすっかり禿げ上がったのは自分ばかりであったらしい。

止まり木に腰を下ろすなり、米田は煙草をつけてスポーツ新聞を開いた。じきに雪と風を巻いて川俣が入ってきた。

「いらっしゃいませ。こんたな店でコーヒーしかねのすが」

列車の中で聞き続けていた、まるで外国語のような抑揚のある方言で川俣は言った。見てはならない。遥かな土地に逃れてまず改めたのは、関西弁にちがいなかった。そう考えれば自分は軽率な声のかけ方をしたことになるが、川俣が怪しむ様子はなかった。駅からほど近い店は、観光客が立ち寄ることも多いのだろう。駅前の一本道をまっすぐ歩いて橋を渡り、飲み屋街らしいうらぶれた路地を覗くと、地吹雪の中に「コーヒー」と不器用な文字を添えた看板が光っていた。

「それ、きのうの新聞でねのすか。うちはとってねえがら、お客さんの忘れ物です」

「かめへん、かめへん、ずっと浮世ばなれした旅してるさかい、何や新聞が懐しなりましてな」

「昼どきでも食べるものはトーストぐれえしかねのすが」

「飯なら駅弁を食うてきましてん。熱いコーヒーが飲みとうて、店探してましたんや。うう寒ぶ。地獄に仏や」

「だば、コーヒーで」

川俣は豆を挽き、ネルの袋を絞った。きょうび珍しい、熟練した職人の手つきである。

「いやあ、こないなところでネルドリップの本格派にありつけるのかいな」

「こんなことぐれえしねえと、お客がいねぐなってしまいます。機械でゴボゴボ淹れるのどは、やっぱり味がちがいますがら。お客さん、どちらがらですか」

探りを入れられたような気がして、米田はとっさに嘘をついた。

「大津から来ましてん。滋賀県の大津」

「ああ、琵琶湖のそばの。一人旅であんすか」

「年明け早々にめでたく定年でしてな。溜まっとる休暇つこうてから辞めや言われて、今さらそないなこと言うなら、どうしてこれまで休みも返上でこき使われてきたんやろて、あほらしうなりましてん。ほんで、なるたけ人のいないようなとこ行こう思いましてな」

日ごろは粗雑な早口だが、つとめてゆっくりと米田は語った。話しかけているときだけは相手の人相を真向に見つめられるからである。若いころに先輩から教えられた、職務質問のコツだった。

「呑気なサラリーマン生活やったけど、定年となればみじめなもんですわ。お見受けしたところ、ご同輩でっしゃろ。うらやましい限りですなあ」

正確な年齢が知りたい。怪しまれぬぎりぎりの言い方を選りすぐった。

「まあそのあだりは、何どもはあ言えねなっす。きっぱりとやめられるもんならやめてえだども、私らには退職金もねえし」

川俣はネル袋に豆を移し、琺瑯（ほうろう）のポットの湯を落とし始めた。狭く細長い店内はたちまち芳香に満ちた。

このごろでは見かけることもなくなった職人の技である。川俣の顔からは愛想笑いが消えていた。

「トイレ、お借りします。体が冷え切ってしもうて、小便が近（ちこ）うてかなわん」

「申すわげねが、いったん表さ出て、脇（わき）の路地に共同便所がありますがら」

地を這う雪が横なぐりの吹雪に変わっていた。海から陸（おか）へと向かう酒場街を風が吹き抜けるせいかもしれない。鎖（とざ）された飲み屋は夜に開くのではなく、大方が廃屋のように思えた。

肥えた体がつかえるほどの路地に入ると、かつては大繁盛（だいはんじょう）していたにちがいないアルミサッシのドアが並んでいた。

はなから用を足すつもりはない。トイレにこもって錠をおろし、携帯電話機を取り出した。

「もし。わしや、米田や。非番か」

気心の知れた後輩の巡査は、交番（ハコ）にいてますけど、と答えた。

「ほしたら、ちょっと手元で読んでくれへんか。時効前の手配書や」

どういうことやヨネさん、と問い返す声を米田は口元を被って叱りつけた。

「事情は後回しにせえ。ええか、そこに載っとる伏見の放火殺人、川俣新太郎や。時効はいつになっとる」

米田は拳を握りしめた。十五年の時効が満ちているのか残っているのか、人生の丁半がその一点にかかっていた。

十二月二十九日ですけど、と巡査は答えた。米田は震えた。

「さよか。いや、まさか時効寸前のホシを見つけたわけやないで。雪ん中の温泉は暇で暇でしょもないさかい、自分で自分にクイズ出しとったんや。当たりや。こないな阿呆なこと誰にも言うんやないど。四十二年も阿呆や阿呆や言われ続けたあげくに、笑い物になどなりとうないさけな」

電話を切ったあと、米田はしばらく手元を見つめていた。

確信はある。時効寸前とはいえ、状況からすると一週間という時間はまったくあわてる必要がなかった。ならばまず地元の警察を訪ね、かくかくしかじかと説明をするのが当然の手順であろう。

だが、料理の誂え方はいくらでもある。なにしろ今のところ包丁を握っているのは、自分ひとりなのだ。見知らぬ所轄の連中にあれやこれやと策を練らせて、分け前をくれてやることもあるまい。

この電話で通報をし、緊急配備をさせるという手はどうだろうか。その方法ならば自分は捕物の主役で、地元警察に応援を頼んだということになる。

待てよ、と思い直して米田は電話機をコートのポケットに収った。

この際もっと上等な料理の方法は、出合いがしらの緊急逮捕である。犯人がそうと察知して逃げようとしたから取り押さえたという形に持っていけば、誰に分け前をくれてやるわけでもない。自分ひとりの手柄である。

定年まぎわの警官が執念深く犯人を追い求め、ついに時効寸前のところで格闘の末に逮捕となれば、マスコミがありもせぬドラマに膨らませてくれるだろう。

それで行こう、と米田勝己は肚を定めた。

くすぶった飲み屋街には、雪ではない氷の粒が真横に吹き抜けていた。なるほど放火殺人犯が身を潜めるには、おあつらえ向きの店である。

ドアのかたわらに、店内の温もりを透かすステンドグラスが嵌まっていた。

琥珀という店の名にちなむ、琥珀色のガラスである。

ネルの袋の中で、深煎り(ふかい)の豆が膨らんでゆく。

この第一投が味のすべてなのだと、ほんの小僧のころに教えてくれた人がいた。だから第一投の湯を落とすときには、無念無想でなければならない、と。

中学を出て就職したのは、西陣の喫茶店だった。そんなものは堅気の仕事ではないと誰もが反対したのだが、中学出にはお定まりの職工にだけはなりたくなかった。京都市内にはいくらでも喫茶店があって、どの店の前にも求人の看板が掲げられていた。

喫茶店は大人しか入れぬ時代であったけれど、だからこそそこで働けば一足飛びに大人になれるような気がした。

よりどりみどりの中で西陣の店を選んだ理由は、「住込可」の文字である。飲んだくれで博奕(ばくち)打ちの養父と、一回りも齢の離れた種ちがいの弟と、日がな泣いてばかりいる母との四人暮らしの六畳一間から、とにもかくにも逃げ出したかった。

人は悪く言うけれど、あれほど堅気の職人仕事もそうはなかったと思う。

ボーイ見習として雇われてから、何ヵ月かは店の掃除と皿洗いだけが仕事だった。トレンチの掲げ方を練習してホールに出たときには、舞台に上がったように晴れがましかった。ホールを二年務めてカウンター見習に昇格し、ようやくコーヒーの豆に手を触れることを許された。

このコーヒー豆は、ブラジルやコロンビアから太平洋を渡ってやってくるのだ、とチーフは言った。それも命がけで海を越えた日本人移民が、丹精こめて一粒一粒を育てたのだそうだ。

初めてネル袋に湯を落としたときは、手が震えてしまってひどい味になった。チーフはコーヒーを捨て、空になった寸胴(ずんどう)の縁で荒井の頭を殴った。

感謝が足らへんのんや。敬意が足らへんのんや。わしやマネージャーがおまえに飯を食わしとるのやないで。このコーヒー豆がそうしてくれはってるのやさかい、おおきにおおきに言うて湯を落とさなあかん。笑(わろ)うても物を言うてもだめや。第一投は息も止めえ。ええな。

同じ太さの湯を、ネル袋の中で正確な円を描いて落としてゆく。その技術は五十杯の寸胴でも一杯のカップでも同じだが、むろん少ないほうが難しい。

あんたの淹れてくれはるコーヒー飲んだら、そこいらの喫茶店にはよう行けへんなあ。

息を入れて二投目を注ぐと、妻の声が甦(よみがえ)った。きょうは大家のばあさんと話しこむうちに、コーヒーを供えるのを忘れてしまった。線香は立てないかわり、朝晩の仏壇に淹れ立てのコーヒーを供える。何よりの供養だと荒井は信じていた。十五年の間、たぶん一度も欠かしたことのないその供養を、きょうに限って忘れてしまった。罰が当たったのかどうか、荒井は考え始めた。

客が戻ってきた。

「やあ、このごろションベンの切れが悪うなったうえに、この寒さや。倅が言うこと聞いてくれへん」

余分な会話を交わしてはならない。土地の言葉はすっかりしみついていると思うが、妻の写真に向き合うときは自然と関西弁になった。何かの拍子に嗅ぎ取られぬとも限らない。

「ネルドリップのコーヒーなぞ、何年ぶりやろか。そんでも関西はまだ頑固な専門店が多いさかい、あるにはあるんですやろが。世間が忙しうなりましてなあ。時流に合わへんうえ、こっちも忙しいから探す気にもなれまへん」

この饒舌は、声を引き出そうとしているのではなかろうか。荒井敏男の中から、川俣新太郎を引きずり出そうとしているのではないのか。

考え過ぎだと思う。もし自分の居場所を嗅ぎつけて逮捕にきたのだとすれば、これまでに何らかの不穏な予兆はあったはずである。思い当たるふしは何ひとつない。

客はコーヒーをうまそうに啜りこんで、カウンターを照らすランプシェードを見上げた。

「古いお店ですなあ。いつごろからやってはるのですか」

訊ねられれば答えぬわけにはいかなかった。

「居抜きで借りたがら、よぐはわがらねのす」

うまく躱した。余分でもなく、不足でもない答えである。

「おひとりでやったはるのですか」

ひやりとした。やはり思い過ごしではないのかもしれない。一見の旅人が口にするようなことではないと思った。だが、これも答えねばならぬ問いかけである。

「人を雇うほどでもねえがら」

男はまっすぐに荒井の顔を見つめていた。この無遠慮な視線は、やはりふつうではない。

「三日間乗り放題いう切符で旅してますねん。ほんで、うっかりここで降りてしもたんやけど、何か見ておいたほうがええいう名所はありますかいな」

「この季節だば、せいぜい琥珀博物館ぐれえのもんです」

「琥珀かあ」

と、男は戸口のステンドグラスに目を向けた。

「琥珀色のコーヒーなぞと言いますなあ。せやけど琥珀いうたら、コーヒーよりずっと薄い色やおへんか。そのガラスの色でっしゃろ」

「濃いものもあるのす。コーヒーみでな」

「それが上等なんやろか」

「さあ。よぐは知らねのす。虫このへえったものが高級じゃと聞いたごどはありますが」

「高いのやろか。なんぼするのやろ」

「わがらねな」

「嫁はんに買うてやったこと、ありまへんか。だいたいいくらくらいか知ってへんと、いざ買うときに恥かきますよって」

嫁はん、という言葉が荒井の癇に障った。もしこの男が刑事なら、確信を得ようとしているのではなく、追い詰めた犯人を弄んでいるのだろう。猫が捕えた鼠をなぶりものにするように。

腹の底から怒りがこみ上がってきた。この男が猫なのか旅人なのか、こっちから白黒をつけてやる。

「お客さん、わしなあ――」

客はぎょっと目を剝いた。かまわずに荒井は続けた。

「実はこの土地の者やないんです。京都に生まれ育ちまして、まじめに生きとりましたんやけど、嫁はんに死なれましてな。ほんで、みちみち死に場所を探して三陸の海岸をほっつき歩いているうちに、とうとう死に切れずにここまで来てしもたんです」

ああ、と気の抜けた相槌を打って、客は黙りこくってしまった。

「せやから、しょもないこと聞かんといておくれやす。わし、琥珀どころか大好きやった嫁はんに、ガラス玉のひとつも買うてやれへんかったさけ」

これで白黒はついたはずだ。

わずかな言葉が咽をひりつかせてしまった。自分のためのコーヒー豆を挽きながら、荒井敏男は客の答えを待った。

大好きな嫁はんやったら、どうして焼き殺すよなまねをしたのや、と米田は腹の中で叫んだ。

声にすることができなかったのは、いきなりそんな告白をする川俣新太郎の胸のうちを量りかねたからだった。

「すんまへん。そないなご事情がおありとは思いもせえへんかった」

「こちらこそ、ご無礼いたしあんした」

川俣の声は物静かな土地の言葉に戻った。

「気まずい思いで退散するのも何やから、おかわり下さい」

「サービスしときます。つまらねえこどお聞かせして、申すわけねがった」

川俣は二杯目のコーヒーを淹れ始めた。糸のように細い湯を垂らし、しばらく豆を蒸してから息を止めているのではなかろうかと思えるほどの気合をこめて、再び琺瑯のポットを傾けた。

瘦せた体はいかにも膂力に欠けていた。手錠はないが、素手で捕り押さえるのは容易に思えた。

「琥珀のことなんやけど」

と、米田は自分でも思いがけぬ愚痴を言った。

「わし、女房子供に逃げられましてん。そら、酒癖も悪て手ェ挙げるよなこともありましたが、仕事はまじめにやってきたつもりですのんや。まさしく青天の霹靂やった。

せやけど、どうせしばらくしたら帰ってくるやろて、高をくってました」

勝手に口が動いてしまった。どうかしたのではないかと怪しむそばから、どこにもぶつけようのない怒りが溢れ出た。

「その一人娘が、守山にいてる自衛官と結婚しましてな。別れた嫁はんと並んで式に出てほしい言うよって、そないなことでけるわけないやろてどやしつけたら、二人して誰もいてへん南の島で式を挙げよったんですわ。婿はんはいっぺんしか会うてまへんけど、今どきの若いものには珍しいくらい男気のあるやつですわ。三等陸曹て、昔の軍隊でいう陸軍伍長やそうです。将校やのうてよかった」

湯を注ぐ手を止めて、川俣は「なんでや」と言った。

「そら、おとうちゃんは下っぱのまんま定年やさかい。まあ、それはそれとしてですな。今度は嫁はんが結婚するいうのんや。もう誰も戻って来んいうのがはっきりしたとたん、何やこう、腰が抜けてしまいましてん。琥珀のブローチをプレゼントしようにも、でけなくなってしまいましたんや」

「お待ちどおさま」

熱いコーヒーがカウンターに置かれた。

「ほんまにうまいわ。お世辞やのうて、こないにうまいコーヒーは生まれて初めてや。

これを飲んでもうたら、どこのコーヒーも飲めへん」

川俣がにっこりと微笑んだ。ええ笑顔やと米田は思った。

「コツのよなものがありますのんか」

「朝晩かかさず仏壇に供えるのす」

「さよか。嫁はん、コーヒーが好きやったんやな」

川俣は顔を隠そうとはしなかった。まっすぐな視線を米田に向けていた。

「も少し聞いてくらんせ」

聞きたくはなかった。それは米田の領分ではない。こいつを引っ捕えて所轄署に突き出し、せいぜい新幹線の相手錠で京都へ護送するまでが自分の務めである。調書を取るのは頭のいい警部や警部補の役目だった。

「おお、おお。愚痴ならなんぼでも聞くで」

と、見知らぬ仏がいった。

「ほな、しゃべりやすい言葉で言わしてもらいますけど」

こいつはいったい、十五年の間誰としゃべっていたのだろうと米田は思った。

「お客さんの嫁はんは別れてから結婚したのやさかい、文句のつけようがありまへんなあ。せやけど、うっとこの嫁は男がでけましてん」

「もうええわ」

米田は声をあらげた。その先を聞くのは、人間としての領分を越えると思った。

「その罰が当たって亡うならはった、いうわけですかいな。もしそないなふうに思ったはるのやったら、とんだ了簡ちがいや。ええか、たとえどないな事情があろうとやな、人の命が亡うなってええいう理屈は通らへんど」

川俣の唇がひきつり、見る間に顔から血の気が引いた。

捕るなら今や、と思ったが、カウンター越しに睨み合ったまま米田の体は動かなくなった。

凪はやんだらしい。雲の流れるままに琥珀の光が倒れてきて、いかにも居ずまいの正しい店主の白髪をこがね色に染めた。

「わしの後生一生の頼みを、聞いておくりゃす」

米田は止まり木から滑り下りると気を付けをして、禿げ上がった頭を深々と垂れた。

「あと一週間や。十二月三十日の午前零時まで、この店から一歩も出えへんと約束してくれ。看板も下げて、じいっとしとってくれ」

客の忠告を信じてよいものかどうか迷ったあげくに、荒井敏男は店を閉めて二階に籠った。

行きずりの旅人であるはずはなかった。そうと信じたからには、京都から出向いてきた捜査員でもない。

だとするといったい誰なのだろうと思い悩んでも、答えは見つからなかった。神様か仏様か、ご先祖様の化身だとでも思うほかはあるまい。

「コーヒー、遅うなってすまんな。わしはまた、罰が当たったんや思て肝を冷やしたで。一緒に飲もやないか」

涙などはとうに涸れ果ててしまったが、コーヒーを啜ると客の言葉がひとしお身に応えて、荒井はさめざめと泣いた。

たとえどんな事情があろうと、人の命を奪っていいという理屈はあるまい。

これまではその理屈を楯にして生き延びてきたが、つらい悲しいではなく、荒井は初めて妻に詫びた。

「堪忍して下さい。おまえのことが好きで好きで、どうしようもなかった。せやけど、やりすぎや。堪忍して下さい。ずっと好きでおるさけ、どうか堪忍して下さい」

年が明けたら博物館に行って、とびきりの琥珀を買おう。

窓から射し入る夕陽に溺れて膝を抱えると、自分が身じろぎもできぬ古代の虫のように思えてきた。

背が温まるほどに、虫は人間より幸せやと荒井は思った。

三陸の気候は変わりやすいと聞いてはいたが、横なぐりの吹雪など嘘のように、車窓から望む太平洋は凪いでいた。

ともかく一歩でも現場から遠ざかりたいという、犯罪者の心理がよくわかる。死体を隠したり証拠を湮滅したりするのは、よほどの悪党にちがいない。

終着駅はいくらかましな町だろうから、うまい肴に地酒を酌んで、ビジネスホテルでも探すとしよう。それにしても一時間に一本か二本のローカル列車が、待ってましたとばかりにやってきたのは幸いだった。あの駅でぼんやりと待たされたなら、あれこれと思い悩んで何をしたかわかったものではない。

しかし現場を離れてしまったのだから、考え直すことなど何もなかった。いわば捜査結了である。

くれないに照らし上げられた雲を見上げながら、米田は電話機を耳に当てた。まったくこの機械は、余分なものか必要なものかいまだによくわからない。

「おとうちゃんや。婿はん帰ったか」

「何や、おとうちゃん。さっきの話の続きならうんざりやで。うちの人に何ぞ用事あるのんか」

「用事などない。おまえひとりか、いう意味や」

「帰るも何も、まだ日の丸降ろす時間やないやないの。明るいうちから酔っ払っとるわけやないやろね」

「飲んでない、飲んでない。いや、おまえに聞いてほしい話があってな」

「グァム島で結婚式」

「そやない。一家離散してひとりずつグァム島で結婚式やて、お笑いにもならへんで。まあ聞いてくれ。おとうちゃんな——」

米田は窓いっぱいに拡がる夕景色を見つめた。

おしゃべりのくせに、思うところがうまく声にならない。出世ができなかったのも、嫁はんに愛想をつかされたのも、みんなそのせいなのだから、こればかりはきちんと話さねばなるまいと思った。

海も空も広すぎて、ジーゼルがいくら唸りを上げても景色は変わらなかった。

「おとうちゃんな、大手柄を立てた」

心外なことに、娘は驚くでも喜ぶでもなく、突然けらけらと笑い出した。

「ふうん。どこかもわからへん旅先で、スリか万引きでも捕まえはったん」

「そやない。そないなチンケな話やないど。これぱかりはあのボケ課長も世間知らずの若署長もまっさおになるで。自分でもいまだに信じられんくらいや」

そこまで言うと、娘はさすがに笑うのをやめた。

「教てな。気ィ持たせへんと」

「いや、教えられん。ともかく一世一代の大手柄や」

「あのな、おとうちゃん。今ごはんの仕度してるさかい、忙しいんや。切るえ」

「おとうちゃん、棺桶に入る前に教たるさかい、婿はんと二人で楽しみにしといや」

「はいはい、わかりました」

電話は唐突に切れてしまった。

いつまでも形の変わらぬ風景の、色ばかりが褪せてゆく。朱を奪われた海と空が、たちまち温かな琥珀の色に染まった。太古の松脂がとろけ出て、虫もろともに地の底で固まった琥珀の色だ。

「大手柄や。まちがいないで」

声を絞って米田は独りごちた。娘にも婿はんにも言えるわけはないが、本当ならこの秘密を分かち合うであろうたったひとりのつれあいを失ってしまったのだと、米田はようやく気付いた。

駅の売店で見かけたブローチは、よく似合うと思った。

だが、愛する人の新たな旅立ちに形あるものを贈るほど、まさか阿呆(あほう)ではない。

丘の上の白い家

丘の上の白い家には四季咲きの薔薇垣が繞っていて、麓の町のどこからいつ見上げようと、赤や黄や橙の耀かしい色の、絶えていたためしはなかった。

丘の上の白い家は、だから花籠に盛られた玩具の洋館のように見えて、冬の日に煉瓦の煙突から煙が上がっていたりすると、少し奇異な感じがしたものだった。

丘の上の白い家がいつからそこに建っていたのか、僕は知らない。ほんの小さなころに聞いた近所の老人の話によれば、関東大震災で町がぺしゃんこになったときも、知らんぷりで建っていたらしい。

丘の上の白い家のまわりは樅の木の森で、僕らが遊び始めたころには市営の公園になっていたが、もとはその家の地所だったそうだ。大理石の館がまるで海の向こうから投げこまれたように忽然と見えたのはそのせいだった。

丘の上の白い家が左右に広く長く曳く常磐木の裳裾に、僕らの町はあった。港が栄えていた時代には町も賑わっていたらしいが、僕の物心ついたころは用なしの運河が吐き出すメタンと、町工場の排煙とにまみれた、どうしようもない下町に落ちぶれていた。

丘の上の白い家の住人が誰であるのか、僕らは知らなかったし、知りたいとも思わなかった。もし少しましな生まれ育ちの人間ならば、嫉妬や羨望などの感情が湧きもしようが、僕や僕の幼なじみたちにとってのその家は、たとえば太陽や月や星ぼしと同じ天然の風景でしかなかった。

公平な世の中に生きる今の人たちに、そんな言い方をしてもなかなか理解してはもらえないだろうけれど。

「かったるいよなあ」

放課後の廊下を歩きながら、僕は思わず本音を声にしてしまった。

とたんに大きな背中が壁のようにそそり立ったかと思うと、振り向きざまの平手打ちが僕の体をロッカーまで吹き飛ばした。教師が生徒を殴ることは、愛の鞭だと信じられていた時代の話だ。

「俺が何も知らないとでも思っているのか。この野郎、貧乏を隠れ蓑にしやがって」

おっしゃることはごもっともなのだから、僕は抗弁できなかった。僕のぼやき声に、担任教師の堪忍袋の緒が切れたのである。もしそのとき清田が中に入ってくれなければ、僕は半殺しの目にあっていたかもしれない。

成績も品行もこのうえない優等生である清田亮二は、僕をかばうようにして立ちはだかり、万事に控え目な彼らしくないことを言った。

「先生、そういう言い方はよくないです。暴力もよくないです。おい小沢、おまえも悪いよ。あやまれ」

僕は唇だけで「すみませんでした」と詫び、教師は受け応えせずに踵を返して歩き出した。旧校舎の校長室に向かうまでの間、清田はふてくされて歩む僕を不安げに何度も振り返った。

毎月末に行われるこの儀式は、僕にとってまったく我慢がならなかった。

終礼のとき、担任が僕と清田の名を呼ぶ。小沢と清田は残れ、と。

僕と清田という組み合わせは誰にとっても不可解だった。褒められるにしても叱られるにしても、一緒のはずはないからである。しかし決まって月に一度のことだから、そのうち居残りの理由は知れ渡った。高校一年の一学期のうちには早くも、僕と清田は「スカラ、スカラ」という非情の大合唱に送られて、校長室に向かうはめになったのだった。

教室を出るとき、僕は戸口で両手を振って喝采を浴びる愛嬌を見せたが、清田はまるで石もて追われる罪人のように、教師のあとをついて行った。

「すーから、って何だよ」

と、生徒たちにウサギ跳びと腕立て伏せの罰を科すことだけが生き甲斐みたいな体育教師は訊ねた。

「スカラシップの略です」

自嘲的に清田が答える。教師は歩きながらしばらく考えてようやく思いつき、

「そりゃひでえな。やめるように言っておこう」

こいつは何もわかっちゃいないな、と僕は思った。僕も清田も生まれついての貧乏人だから、囃し立てられることには何の痛痒も感じない。第一、囃し立てる級友たちの境遇だって、あらかたは似たものである。貧乏が貧乏を嘲ることに悪意はなく、むしろ親和の表現だった。しかしその親和を悪意とのみなしてみんなに説教を垂れられたのでは、それこそ僕と清田の立場はなくなる。

「いいですよ、先生。そんなことは言わないで下さい」

清田の忠告が理解できたのかどうか、教師が「スカラ」の合唱をやめさせることは

なかった。以後、僕らは月末になると、みんなの声援に送られて校長室に向かうことになった。

口に出したのはあさはかだったが、たしかにかったるかった。僕らが受領する奨学金は年額一万といくらかで、だったら儀式も一年に一度でよさそうなものだが、十二分の一の千何百円かを、そんなふうにして毎月末に受け取らねばならなかった。それも、べつだん現金の授受があるわけではない。担任に付き添われて校長室に行き、書類に捺印（なついん）するだけのことである。

昔の校長というのは何だかものすごく老（ふ）けていて、威厳があって、面白くもおかしくもなかった。その校長が、定めとはいえ判を捺（お）させるだけでも何だからというわけで、あれこれ物を訊ねるのだが、僕にとってはこれがまた苦の種だった。

ひとりならかまわない。だが僕は僕の個人的事情など清田に知られたくはなし、また清田の貧乏の有様など知りたくもなかった。

校長の訊問（じんもん）は必ず、「清田君は優秀だねえ」という賛辞から始まり、「小沢君はもう少しシャンとしなければいけないよ」で終わった。

誰が見たってそうにちがいないのだから、開会と閉会の辞だと思えば気にもならない。問題はその間に毎度くり返される、それぞれの近況についての質問だった。

まず清田に対しては、「お父上のご病気はいかがかな」という設問から始まる。「相変わらずです」と清田は答える。それに続くやりとりから、僕は知りたくもない清田の家庭事情を知った。

父親は慢性の肝臓病で市立病院に入院したまま、母親が港湾工事の飯場で賄い仕事をしているのだが、喘息の持病がある。よって一人息子は奨学金を受けねばならず、毎朝の牛乳配達も家計の一部となっている。

あらましはそういうことなのだが、僕はあまり信じてはいなかった。貧しい町に生まれ育って、貧乏の諸相を見続けてきた僕は、そうした日活の青春映画みたいな単純な不幸の形などあるはずはないと知っていたのだった。

奨学金を受けるためには、それなりの事由を申告せねばならず、むろん審査もある。その際に複雑な事情を述べるのは、たとえ事実であっても好もしいことではない。なるべく単純に、わかりやすい不幸の形を、捏造せぬまでもそれらしく誂えなければならない。嘘をつくのではなく、恩典を享受するために多少の変形を加えるのである。

たとえば、僕の場合はこうしたものだった。

「小沢君のお母上は日本舞踊のお師匠さんということだが、芸というものは労多くして実入りの少いものだよ。君も甘えてばかりおらずに、清田君を見習ってアルバイトでもしたらどうだね」

校長の勧めに僕は、「はい、そうします」と生返事をするほかはなかった。そもそも書類に記載されている奨学金の交付事由が、ほとんど虚偽だからである。

僕の母はたしかに日本舞踊の名取だったが、そんな芸で親子が食っていけるはずはなく、むろん僕の生まれ育った町は稽古事などとはまるで無縁の土地柄だった。母はナイトクラブのホステスで、薹がたっても職を失わずにいられるのは、一晩に一度ステージで芸を披露するからだった。

水商売の内情などよくは知らないが、外国人の客が多い港町のナイトクラブでは着物姿で舞うショータイムが不可欠で、それも自前のホステスで間に合うならば重宝だったのだろう。

申請書によれば、父母は僕が幼いころに離婚し、女手ひとつで育てられたことになっていたが、ここでもやはり事実は歪曲されていた。身重の母がこの町に流れてきて、僕を産み、育てた。それだけでもよほど世間体は悪いが、事実はさらに複雑なのである。

母は稽古事までできる恵まれた家の嫁だった。それが道ならぬ恋に落ちて僕を身籠り、離縁されたのだった。こうした事情をこまごまと語れば、話すほうも聞くほうも面倒なので、虚偽というよりむしろたがいの平安のために、僕の出自は「幼いころに両親が離婚し、舞踊家の母に育てられた」という具合に単純化されたのだった。だが、実の父と当然のことながら、母がかつて嫁いでいた家と僕とは無縁だった。いう人とは多少の絆があった。

年に一度か二度か、盆暮も季節も関係なく、どうしたわけか渋谷駅の忠犬ハチ公の前で、僕と母はその男と待ち合わせた。

いつも急な話だったから、母か男のどちらかがふいに思い立っての逢瀬だったのだろう。そのくせ男はいつもきちんと背広を着ており、母は母で夜の衣裳だった。時刻は午後か夕方で、男は仕事中か会社帰り、女はその足で店に出たのだとすれば、思いつきのわりには様子がよかったという妙な記憶にも説明がつく。

ただし、その折に金銭のやりとりはなかったと思う。いや、母の懐具合から察するに、男からの援助は何もなかったはずである。そうでなければ僕が言われもせぬのに気を回して、奨学金の申込用紙を貰ってくるわけはなく、母もそれを手放しで喜ぶはずはなかった。

もっとも僕が高校に入ったその年には、渋谷の忠犬ハチ公の前で、いかにも当たり前の家族のような顔をして僕らが会うならわしも、絶えてしまっていたのだが。

つまり、そうしたおのれの事情を考えてみれば、まるで日活青春映画のような清田の境遇を僕が鵜呑みにするはずはなく、ましてや頭のいい清田が僕の申告事由について、あれやこれやと想像をめぐらしているのは明らかだった。

にもかかわらず、校長は毎度のように同じ質問を浴びせかけては勝手に得心し、かたわらに侍る担任や事務長や教頭も、そのときだけは親身になって僕らの相談に乗っているような顔をしていた。

さもなければ、成績も品行もまるで対照的なこの二人の生徒が、同じ貧乏という土壌から化生した不思議について、それぞれが標本でも観察するように僕らを見比べていた。

丘の上の白い家に、僕は一度だけ行ったことがある。

夢だと言われればそんな気にもなるだろうが、夢にするのはあまりに惜しいから、母にも伝えなかった。もし言おうものなら、母はおそらく出仕度の鏡の中で紅を引く手をふと止め、「おまえ、夢でも見たんだろう」と笑うにきまっていた。

小学校の一年か二年、へたをすると学校に上がる前だったかもしれない。少しでも物事の善し悪しを判断できる齢になっていたら、その体験はありえなかったと思うからである。

丘の上の樅(もみ)の木の森で、僕は仲間たちと鬼ごっこだか隠れんぼだかをして遊んでいた。子供らがどこで遊んでいようと親が気にも留めぬ、閑(のど)かな時代の話だ。五時になるとあちこちから聞こえてくる工場のサイレンが、子供らにとってもゆるがせにできぬ帰宅の合図だった。親たちからああせいこうせいと言われぬかわり、子供らにも律(りち)義(ぎ)なところがあって、五時のサイレンが聞こえようものならどれほど遊びが興に乗っていようが、鬼だろうが大将だろうが、まるで夢から覚めたように「やーめーた」と宣言して、おのおのが家に駆け帰った。

見知らぬ少女に声をかけられたのは、そうした帰りしなだった。どこかに隠れていてサイレンを聞きそこなったか、鬼のまま仲間たちに置き去られたかして、僕はひとりぽっちだった。

——もうやめちゃうの。

少女は妖精(ようせい)のように僕の前に現われるなり、悲しげな声で言った。男の子はみな坊(ぼう)主頭(ずあたま)、女の子ならおかっぱかおさげと決まっていたそのころに、少女は長い髪をポニーテールに結わえて、結び目には揚羽蝶(あげはちょう)のようなリボンを飾っていた。

仲間に入れたわけでもないのに、見知らぬ子供が紛れこんでいるというのは、よくあることだった。世間に子供の数が多いうえ、港町は住民の転出入が激しかった。その少女も勝手に僕らの遊びに紛れ入っていた。鬼ごっこだか隠れんぼだか、しかし誰も名前を知らぬものだから、捕まえても見つけても呼びようはないので、見えてはいてもいない子供にされていた。実に妖精と同じだった。

「おまえ、家に帰らないのかよ」

というようなことを僕が訊くと、少女は夕陽が透けるほどの腕をうしろに延ばして、樅の木の森の涯てを示した。いつものように仰ぎ見るのではなく、目の高さに丘の上の白い家があった。

――昔はここもお庭だったのよ。

と、少女は言った。その物言いは、僕らをわが家の庭で遊ばせてやっているのだ、とでも言いたげであり、うらはらに悲しみを含んでいるようにも聞こえた。

――お庭で遊ぼうよ。も少し。

少女は僕のとまどいなど構わずに、手をとって歩き出した。

丘の上の白い家は、その裳裾に住まう僕らにとっては太陽や月や星ぼしと同じだった。そんな場所に足を踏み入れるなど、いくらか物事の善し悪しを判断できる齢であったら、たとえ住人の誘いであったにせよできるわけはない。しかしまだ物怖じせせぬ齢の僕は、少女のなすがままになって、薔薇垣に鎧われた裏門から庭へと滑りこんだ。

お庭で遊ぼうよ、と少女は言ったのだが、一歩足を踏み入れたとたん、そこが子供らの遊ぶ庭ではないと僕は感じた。要するに大人たちが、丹精こめて花を咲かせ芝を刈り、たとえば僕がまっさきに目を奪われた大理石の噴水の一掬の水さえも、子供が手を触れてはならないものだった。

麓から望めば玩具のような白い家も、巨大な西洋館だった。樅の木の森から館が見えないのは、三方を高い塀に囲まれているせいで、崖に面した南側には四季咲きの薔薇垣が繞っているきりだった。つまり近くからでは見えない白い家が、麓の町からは仰ぐことができた。

遊ぶかわりに、少女はテラスに駆け昇って人を呼んだ。じきに白勝ちの着物をぞろりと着たおばあさんが現れて、僕を胡乱なまなざしで睨みつけ、少女に一言二言、何か叱言を言ったように見えた。

琺瑯の椅子にちょこんと座ってジュースを飲み、頬の落ちるほどおいしいクッキーをいただいたのは、ほんの五分か十分の間ではなかったかと思う。五時のサイレンが鳴ったあとは、そうそう長居のできるわけはなし、それに招かれざる客を快く思っていないおばあさんが、佇んだまま少女の肩越しに、目付きで早く帰れとせかしていることも、僕は気付いていた。

広い庭はやや南下りで、薔薇垣の向こうに海が立って見えた。妙な言い方だが、海は映画館のスクリーンのように、垂直に立っていた。夕空とそのくれないを映す海の境はなくて、ただ空と海が落つるところに、僕の生まれ育った町がまるで虫の巣か何かのようにちぢかまっていた。

――お嬢様。そろそろお時間でございますよ。

おばあさんが何度かたしなめたころ、ようやく少女の饒舌は止まった。それをしおに僕は、あとにもさきにも二度とないようなお辞儀をしてテラスを駆け下りた。裏門を出ようとするとき、高みから僕に向かって手を振る少女の姿が見えた。

おばあさんが懐紙にくるんで持たせてくれたクッキーを、どうしたわけか僕は公園の屑籠に捨ててしまった。むろん、持たざる者の矜恃などという上等なものではない。丘の上の白い家を出るとじきに、僕は何だか自分がとても悪いことをしてしまったような背徳感に捉われたのだった。いわば証拠湮滅のつもりで、クッキーを捨ててしまったのだと思う。

だが、そのことはじきに後悔した。もしその証拠品を家に持ち帰っていたなら、僕はのちに夢のような経験を夢だと疑うこともなかったろうし、鏡の中で出仕度をする母の赤い唇にクッキーを押しこんで、証人に仕立て上げることもできたからである。証拠のひとつとてなく、口にすれば夢か作り話と決めつけられるから、僕はアパートの北向きの窓に腰をおろして、目の下から立ち昇る運河のメタンに胸を悪くしながら、たそがれに抜きん出て白い、丘の上の館を見上げた。

ごはんはふかして食べるのよ、お冷やを食べたら出世しないからね、と言い残して母は夜の勤めに出て行った。僕は冷や飯を食うどころか食欲も忘れて、丘の上の白い家が闇に呑まれるまで、ずっと膝を抱えて夜を見上げていた。

たとえば月世界から帰った人が月を見上げる気分といえば、たぶん中っているだろう。

「このところ警察も物入りで、おめえみてえなクソガキにかかずり合っちゃいられねえんだよ」

顔見知りの刑事は取調室に入るなり、つまずいたふりをしてスチール椅子の脚を思いきり蹴とばした。

蹴り方にも何かコツがあるとみえて、手錠をかけられたまま腰紐で椅子にくくりつけられていた僕は、もんどりうって壁に叩きつけられた。警察官の暴行はご法度だが、つまずいたのなら文句のつけようはない。

刑事は床に横たわった僕に煙草の煙を吐きかけながら言った。

「おふくろさんは、鑑別所だろうが少年院だろうが、もう好きにしてくれとよ。夏休みじゃなけりゃ学校にご一報だが、お休み中の先生にかくかくしかじかってのも、何だかなあ。ほれ、おまえ奨学金をもらってるだろう。母ひとり子ひとりで、そうまでして高校に通っているおまえをだな、退学だの停学だのって、先生も困るだろうよ。だから今回もまた警察の恩情で釈放にしようと思うんだが、にしたって身柄引受人がいねえってのは、まずいんだよな。さて、どうする。おふくろに電話して泣きを入れるか。さもなくばおふくろか学校の担任以外に、ガラウケのハンコついてくれる知り合いを考えろ。とりあえず今晩は少年房にご一泊、と。怪我はどうだ。あんまり痛えようなら病院に連れてくぞ」

目が合ったのどうのという因縁づけから始まる喧嘩は、荒くれた少年たちのスポーツのようなもので、ただスポーツとちがうところは、怯んだか負けたかしたほうが手持ちの金品を差し出すという暗黙のルールがあることだった。向こう気は強いがさほど腕っぷしに自信があるわけではない僕は、なるたけ不戦勝を狙って的を探していたのだが、どうかすると返り討ちをくらうこともあった。

その日の相手も眼鏡ちがいといえばそうで、一見したところアイビー小僧の大学生だったのだが、連れの女がいたせいかどうか怯まずに向かってきた。人目につかぬ裏路地で殴り合っていたら、女が近くの交番から巡査を連れてきて、めでたく御用となった。因縁をつけたのは僕のほうだったし、金を出せば勘弁してやると言ったのもたしかだから、女の証言によって恐喝未遂の現行犯となった。

昔の警察は恩情があった。世の中が暴力について寛容だったせいもあろうが、ゲバ棒をふるう学生や薬まみれのフーテン族よりも、僕らのような伝統的不良のほうがずっとマシだと、彼らは考えていたのだろう。だからそんなことをばんたびくり返していても、相手によほどの大けがをさせない限り、親が出頭して泣きさえすれば構いなしとなった。もっとも警察沙汰になるのは、何十回に一回かのよほど間の悪い話だったが。

母が貰い下げにきてくれないので、僕は留置場の少年房に入れられた。口ではきついことを言っても、それまでの例からすると店がはねた深夜か、一晩はこらしめて翌朝にはやってくるはずだった。

留置場は看守台を中心にして扇の形に並んでいる。端のひとつが少年房で、留置人は僕ひとりだった。

夜中に開錠のブザーが鳴った。やっとお迎えがきたかと思って身を起こしたが、そうではなかった。鉄扉が開くと、足元も定まらぬ酔っ払いが看守に引かれて入ってきた。

少年房はいわゆるトラ箱に代用された。正体のなくなった浮浪者のようなおやじが、僕の寝床の上に倒れこんだのだった。

「おい少年、面倒見てやれ」

と看守は笑った。酔漢は犯罪者ではないから、泊めるにしてもせめて少年房というわけなのだろうが、こっちはたまったものではなかった。

なおたちの悪いことに、酔っ払いは正体もないくせに眠らなかった。僕の蒲団の上に大あぐらをかいて、齢はいくつだ何をしでかしたのだと、説教を始めた。看守にたしなめられても、ほかの房から怒鳴り声が上がっても、酔っ払いは僕にすり寄るばかりで話をやめなかった。

「そうかよォ、うちの倅と同い齢か」

男は聞かでもの息子自慢を始めた。何でも鳶が鷹を生んだような孝行息子で、学校の成績は一番なのだそうだ。

湿った毛布を被って聞き流しているうちに、僕の胸は高鳴り始めた。倅の通う学校の名を男が口にした。牛乳配達をして稼いでいる金まで俺の酒代になっちまう、と男は泣いた。

「そんなわけだから、今だってそうは酔っちゃいねえんだが、ヤサも名前も口にするわけにゃいかねえ。サツは知ってるんだろうけど、まさかカカアや倅に、貰い下げにこいとは言わねえさ。このままヤサに帰しゃ、倅と一悶着あって何が起こるかわからねえから、まあ泊まってけ、と」

「死ねよ」と僕は言った。

「つれえこと言うなよ。うちの倅も同しこと言うけど」

常夜灯に照らされた酔っ払いの顔は、気味が悪いくらい清田に似ていた。

僕はおかしくなって声を殺して笑い、じきにうんざりとした。さほど想像をたくましうするまでもなく、清田亮二が奨学金を貰うために変形させた現実が、あらかたわかってしまったのだった。

「死ねよ」

僕は寝床から起き上がって男を睨み据え、裁判官のように自信を持って、もういちどそう言った。

翌日になっても、母は貰い下げにきてはくれなかった。かわりに現れたのは、母とねんごろの仲の左官屋だった。僕はそのちんちくりんな、母とはおよそ不似合いなおやじが嫌いではなかったが、名前はけっして呼ばずに「サカンヤ」と呼び捨てていた。

彼に限った話ではない。僕はどうしたわけか、まるでごちそうでも与えるようにいちいち母から紹介される男たちを、「タクシー」だの「フナノリ」だの「シャクショ」だのと、その職業で呼び捨てていた。だいたい半年か一年で交代するそれら下らないやつらの中では、「サカンヤ」は見映えこそしないが、情のある男だった。

左官屋は僕が恥ずかしくなるくらい、まるでてめえが釈放されたみたいに、交通課の婦警にまでへこへこと禿頭を下げて僕を受け出してくれた。警察の玄関を出たとき、雨空を見上げて、「きょうは仕事にならねえからよお」と言ったが、晴れていたって来てくれただろうと僕は思った。

僕と左官屋は何も言わず、濡れ鼠になって港まで歩いた。なぜそんな寄り道をしたのかはわからない。濡れて困るような身なりではなかった僕と左官屋は、快いお仕置きでも受けるように雨に濡れながら歩いた。

「おっかあを困らせるのは、よかねえよ」

左官屋がみちみち考え抜いたにちがいないひとことをようやく口にしたのは、舫い舟がうねりに躍る、腐った運河の河口だった。

僕は答えずに、雨に洗われてからっぽになってしまった頭の中で、僕が釈放されるときも蛹（さなぎ）のように眠りこけていた清田の父親の姿を、何となく思いうかべていた。

その夏はほとんどアパートには帰らず、悪い仲間の家を転々と泊り歩いた。いくら情深い警察でも、一夏に二度厄介になるのはやばかろうと思い、自活するのではなく他人の金で遊ぼうと考えた。

そういう殊勝な心がけならば、アルバイトはしないにしても家でじっとして、母にあてがいぶちの飯を食わしてもらっていればよさそうなものだが、母との二人きりの暮らしには息が詰まっていた。あの一件以来、左官屋と顔を合わせたくもなかった。

自分の金と他人の金の見分けがつかないのは、貧乏人だらけの町に生まれ育ったせいで、必ずしも僕が性悪だったわけではない。遊び仲間の男も女もみな似た者だったから、僕は誰からも邪慳（じゃけん）にはされなかった。

よく知らぬ女の家にしばらく居候（いそうろう）をした。よく知らぬというのはつまり、ダチのダチのそのまたダチという程度の関係で、要するに見ず知らずの女だった。醜いというほどではないが病的に痩（や）せていて、冗談みたいな嘘（うそ）を平気でつく、その浮世ばなれした感じがかえって居心地よかった。たとえば、恋人は海外航路の一等航海士で、九月には帰ってくるからそしたらあなたは出てってよ、などと真顔で言った。

齢は僕より一回りも上だったと思う。どこでどう稼いでいるのか、聞いたところで答えは嘘にきまっているから、知らんぷりをしていた。だにしてもふしぎなことには英語が達者で、いちど外国人に道を訊かれて僕が往生していると、流暢な案内をしたので仰天した。そのときは、永遠に帰ってくるわけはない一等航海士のかわりに、恋人になってやってもいいと思ったほどだった。

名前も顔も忘れた。ただし僕の人生の忘れがたい地点に、一見して無意味だが実はたいそう重要な標のように佇んでいた女だから、仮に英語の英子とでも呼んでおこう。

ある朝、英子のかたわらで目覚めた僕は、あくびをしながらまだ明けやらぬ町に出た。その時刻に英子のアパートの近くの商店街を歩くと、シャッターの前には配達されたパンの箱が積まれており、路地を折れれば長屋の牛乳箱にはビニールの帽子を冠った牛乳瓶が収まっていた。金と同様に、僕はそうしたものも他人と自分の見分けがつかなかった。むしろ僕は英子の厄介者だから、朝食を用意することは善行だという気持ちのほうがまさっていた。

ヨットパーカーの前ポケットにパンと牛乳を詰めこんで、あくびをしながら戻りかけると、自転車をギイギイ軋ませながら人の追ってくる気配がした。

僕は逃げなかった。若者が常に活力に満ちているわけではなく、あのころの僕は老人のように怠惰で、無気力だった。たぶん交番の巡査だろうけれど、逃げること自体がそれこそかったるく、捕まるならそれでもいいと思った。

オザワ、オザワ、と僕を呼ぶ声がした。名前まで知っている巡査ならどうしようもあるまいといよいよ観念して振り返れば、鋼鉄の自転車を漕いで追ってきたのは清田だった。僕はシマッタと思った。巡査に窃盗の現行犯で逮捕されるほうがずっとよかった。

「おまえだったのかよ。ひどいじゃないか」

清田の白皙の顔は、怒りで青ざめて見えた。

「何がよ」

僕は斜に構えて言った。すぐには言葉が返せず、下瞼に悔やし涙が盛り上がるさまを、僕は怯まずに見据えていた。

「盗まれた分は、給料から差っ引かれるんだ」

そういう仕組になっているとは知らなかった。僕は自分が盗ッ人であることなど忘れて、理不尽な真似をする牛乳屋に殴り込みたい義憤を感じた。

僕は清田に詫びを入れて金を払うか、それが嫌なら何かしら口実を探して、逆に清田を黙らせねばならなかった。

「どうせ給料は、おやじの酒代だろ。アル中に酒を買ってやるくらいなら、俺に牛乳を飲ませろや」

僕はそう言って自転車の荷台から牛乳瓶を抜き出し、紙のキャップを爆ざしてグイと飲んだ。

「ふざけるなよ、小沢」

「おまえこそふざけるなよ。貧乏を看板にしやがって、同じスカラの俺は立つ瀬がねえじゃん」

清田は激昂して、僕の胸ぐらを摑んだ。怒りはもう言葉ではなく、獣の呻き声になっていた。女のようにひよわな、細くて白い腕を捻じ返す前に、僕は自転車を思い切り蹴飛ばした。

自転車もろとも転がった清田は、怒りなど一瞬で忘れて、真白な海の上を泳ぎ回った。ただおろおろと、割れていない牛乳瓶を拾い集めて、積木遊びでもするように路上に並べていた。

「自転車でコケても弁償かよ」

僕は白い海に唾を吐いて立ち去った。あんがい女には奥手の僕がようやく英子を抱いたのは、その朝のことだったかもしれない。

丘の上の白い家は、英子のアパートの窓からも望めた。それも、四畳半の部屋の半分くらいを占領するベッドに寝そべったまま、瞼を上げれば否も応もなく目に入ってくる、夏空のただなかに。

丘の上の白い家の、因果な話を英子から聞かされたのは、清田にひどいことをしたその朝だったのだろうか。いずれにせよ、初めて英子を抱いたあとの睦言であったことはたしかだ。

「あのおうち――」

と、英子は病人が手鏡で景色を映し見るように仰向いたまま、腕だけを延ばして、丘の上の白い家を指さした。

「彼のおうちなのよ」

英子の虚言癖が、僕は嫌いではなかった。無益無害で、いわば純然たる虚栄でしかないのだから、嘘は大胆であればあるほど面白かった。ただし英子の嘘を存分に楽しむためにはコツがあった。こうした場合、僕はけっして「一等航海士の家かよ」などと問い質してはならなかった。嘘は変に誘導したり、あるいは否定したりすれば、潮の流れに逆らうように失速してしまうからだった。ただ相槌を打ってさえいれば、英子の嘘は際限なく野放図に拡がった。

僕はふうんと、ひどく感心したふりをした。はたして英子は、明日をも知れぬような凶々しい胸に僕の背中を抱き寄せて、嘘を吐き散らし始めた。

「ひどい話よ。彼ったらね、娘さんに英語を教えてくれっていうの」

海外航路の一等航海士なら、英語教育を他人に頼むはずはあるまいとも思ったが、そういう矛盾点を指摘してはならなかった。

黙って聞いてさえいれば、英子は矛盾を自分で調整してゆく。それがまた話の展開を面白くする。

「あ、ほんとのこと言うとね、順序がちがうの。私が娘さんの家庭教師をしているうちに、彼とできちゃった」

丘の上の白い家を見つめていると、英子の艶のある低い声が、物語のナレーションのように思えてきた。僕の心の中に、今さら夢か現かはわからないけれど、幼いころに一度だけ訪れた庭と館の様子がありありと甦ったのだった。

僕は禁忌を踏んで、その娘の齢を訊ねた。君と同い齢よ、と英子はいかにも姉様ぶって答えた。そのひとことで、話は俄然、嘘には思えなくなった。

虚実が判然とせぬまま、英子の話は走った。

「正真正銘のバージンよ。私が保証してもいいわ。でも、やたらにやりたがってる。なにせ箱入り娘だからね。恋もしたいしやりたいし、レッスンも何もあったもんじゃないわ。あ、私、英語のほかにピアノとヴァイオリンも教えているのよね」

それは嘘にちがいないが、丘の上の白い家の娘が正真正銘の処女で、恋もしたいしやりたいし、という部分には実しやかな生々しさがあった。

そういうことについては、女の生まれ育ちなどはまるで関係なく、むしろ育ちのよいほうが警戒心に欠けている分だけたやすいと、僕は知っていた。

「紹介してやろっか」

英子は捨て鉢な感じで言った。その抛つような言い方について、僕は考えこんだ。それればかりは嘘でも冗談でもなく、狙い定めた矢のように感じられたからだった。そのひとことを言いたいがために、英子が語り始めたような気さえした。

勧誘や提案をやすやすと受け容れてはならないことくらい、僕は処世の基本として知っていた。

友人たちを見渡しても、育ちのいいやつはだいたい誠実で、口に出したことはあらましその通りに受け取ってよかった。しかし貧乏な友人は誠実でないか、あるいは誠実さを持っていても発揮する余裕がないかのどちらかで、信用はおけなかった。それくらいでなければ、生活の中の数少ない快楽を掴み取ることができなかったからだ。たとえば奨学金を貰(もら)うために、僕も清田も虚偽の申告をした。そのありもせぬ環境を周囲に信じこませるためには、平気で嘘をつき続けた。

その伝でいうなら、虚言癖のある英子はまったく油断のならない相手で、無益無害と思われる嘘をつき続けながら、しまいにはみずからの利益のために僕をとんでもない不幸な目に遭わせたとしても、何のふしぎもない女だった。

「ねえ、紹介してやろっか」

そのことで英子が得る利益は何だろうと、僕は考えた。居座ってしまいそうな高校生を、追っ払いたいのだろうか。

不実な男への復讐(ふくしゅう)だろうか。

それとも、丘の上の白い家の住人たちにとっては不都合な醜聞をでっち上げて、金でもゆすり取るつもりなのだろうか。

どんなに非道な想像をしても、英子にはよく似合った。しかし最も彼女にお似合いの理由といえば、どうしようもない不良少年と世間知らずの色気づいた娘をまぐあわせて、その結果どんなドラマが起こるのか、じっと観察したいという、悪魔的な興味だった。

「ねえ、やっちゃいなよ」

嘘でも冗談でもなく、英子は本気だった。

だが何から何まで嘘で塗り固めた女に、ひとつだけの真実があったところで、安心できるわけはない。

英子の話に嘘はなかった。

丘の上の白い家から、波止場に面したホテルの中庭まで、怖いもの知らずに少女はやってきた。英子の危険な提案の、翌日か翌々日の夕方だったと思う。

古いホテルの中庭は石が敷き詰めてあったが、名も知らぬ夏の花が植栽されていて、中心にはさほど派手やかではなく、たわわに水を溢(あふ)れさせる噴水が据えてあった。

おめかしをし、化粧をすると、英子はそうした場所にふさわしい女に変わった。少くともヘップバーンまがいのサングラスをかけ、ドレスの脚を組んで紅茶を啜(すす)るさまは、まさかヘップバーンではないにしろ、ヘップバーンを気取っているそこいらの奥様のようには見えた。

話に嘘はないとは言っても、それは英子が丘の上の白い家の娘の家庭教師である、という点に限る。ほかの告白についてはどこまでが実でどこからが嘘か、僕はいまだにわからない。

少女は英子を先生と呼び、英子はいかにもそれらしい口調で、彼女をユリちゃんと呼んだ。ユリがどういう字を書くのかは知らないが、印象からすると百合でいいかと思う。

英子から紹介される前に、僕は僕がここにいる正当な理由を口にした。

「前に会ったことがあるんだけど、覚えてないかな」

英子がぎょっとして僕を睨みつけた。その驚きようで、僕は英子が何かしら暗いたくらみを抱いていることを確信した。

――え、わからないです。

と、百合は見ようによっては賢しげで、また見ようによってはぼんやりとした表情を、真向から僕に向けた。その表情とそぶりは、僕がいまだかつて見たことのない種類のものだった。世の中の悪意を何ひとつ信じない、そして儀礼としての謙譲は身についているが、中身は徹底的に権高な、貴顕の女というやつにちがいなかった。

そのとき僕は、考えあぐねていた英子のたくらみに思い当たった。話のどこまでが実でどこからが嘘かはわからない。そんなことはともかく、たぶん生まれてこのかたいいことなんてひとつもなかった嘘つき女は、生まれてこのかた悪いことなんてひとつもなかった宝石のような少女を、ぐちゃぐちゃにしてしまいたいのだろうと思ったのだ。

造作もない話だ、と僕は思った。

それから僕は、あわてさえしなければあんがいきちんと話せる上品な言葉づかいで、十年ほど前の夏のたそがれの出来事を、百合に語った。

百合は記憶していた。僕らはそれからしばらく、十年ぶりにめぐり遭った幼なじみのように語り合った。

べつに英子のたくらみが頓挫したわけではなく、むしろ順調に滑り出したと見えるはずなのに、彼女はひどく不機嫌そうだった。たぶん自分が仕切り、自分が操る予定だったドラマの主導権を、役者であるはずの僕が握ってしまったことが不満であるらしかった。

英子がその危険なお見合いの場を、どのようなテーマにそって準備したのかは知らない。だが少くとも、百合が処女を捧げる相手を探しているなどという話は、嘘っぱちにちがいなかった。

やがて僕と百合がすっかり打ちとけるのを見届けると、英子はそれこそ老練な仲人のように席をはずした。英子は僕の叔母という設定で、態度も物言いも嘘つき女の面目躍如たるものだった。

「お二人でお食事でもしたら。ねえさんにはそう言っておくし、ユリちゃんのおうちには私と一緒だって電話を入れておくわ。でも、あんまり遅くなっちゃだめよ」

はい、これお小遣、と英子は過分の金を僕の手に握らせた。過分というのは、百合と食事をして、港のバーで酔っ払わせて、ホテルにしけこむには十分な金、という意味だ。

席を立つとき、英子はほんの一瞬だが獰猛(どうもう)な獣の目つきで僕を睨んだ。

丘の上の白い家の少女に、僕は恋をした。

大人の恋は体のあとからついてくるものだが、若者の恋はそれほど鈍感ではない。肉体に服(まつろ)うほど、精神は錆(さ)びていない。

僕はその夜、食事をしてから丘の上の白い家まで、百合を送り届けた。家庭教師と簡単な夕食をすませて帰宅する時間だった。

みちみち、これからの連絡方法をとり決めた。電話は必ず住み込みの使用人が取るので、「ユースシンフォニーのオザワ」と名乗ってくれ、と百合は言った。

僕にしてみれば、その方法自体がまるで暗号のようだった。電話が鳴っても、家族はけっして受話器を取らないのである。「ユースシンフォニー」とは彼女が参加している青少年の交響楽団で、必要な連絡事項は団員の電話網で逓伝されるのだそうだ。

一方の僕はといえば、アパートの管理人室の前に、いつも住人たちの喧嘩の種になるピンク電話が置いてあるきりだから、「母親が男女交際についてはやかましい」という、自分でも仰天するような嘘をついた。

夜の坂道の頂きに、丘の上の白い家が近付いてくると、僕は自分がどこの誰で、いま何をしているのかもわからなくなった。百合を送ると言ったのは、たしかに純情のせいもあるが、それよりもまず彼女が本当に丘の上の白い家の住人であるのか、幼い日にほんの五分か十分だけ友達であった、あのポニーテールの少女と同一人物であるのかを、僕自身の目で確かめたかったからだった。

この期に及んでも貧乏人の僕は、英子と百合が結託して、僕に何か悪い罠を仕掛けたのではないかと疑っていた。だからその疑惑が晴れたということは、彼女に恋をしてもよいという許しを得たのと同じだった。

丘の上の白い家の、家紋を象った鋼鉄の門の前で、百合は立ち止まった。そして幼いあの日と同じポニーテールを馬の尻尾のように振って、麓の海と町を振り返った。

海は群青の空と溶け合って、やはり垂直に立っていた。沖合に錨を投げる貨物船の舷灯と、星ぼしの区別はつかなかった。僕の生まれ育った町は、子供のころよりもだいぶ輝きを増して、しかし貧しさは昔のままに、丘の裳裾に縫い取られた錦の刺繡になっていた。

——街灯が。

と百合は眩ゆげに空を見上げた。それから思いがけずに僕の手を握って、屋敷の高い塀越しに溢れる樅の木下闇に僕を引き入れた。

百合がこの一瞬に何を希んでいるかがわかったとき、僕はどうしたわけか手を振りほどいて後ずさった。そして、行き場をなくした僕の唇は、勝手なことを言った。

「友達を紹介したいんだけど」

そのとき僕を使嗾したものが、天使であったのか悪魔であったのか、あるいはそのどちらでもない僕の本性であったのか、今となってはわからない。

「弁償してえんだけど、俺、金がねえんだ」

夜明け前の商店街で清田を待ち伏せ、通り過ぎようとする自転車の荷台を摑んで僕は言った。

「もういいよ」と清田は答えたが、僕を軽蔑(けいべつ)しているわけでも、忌避しているわけでもないことは、いつに変わらぬ笑顔からそうとわかった。清田は底抜けにいいやつだった。

しかし、「そのかわり」と僕が言葉をつなぐと、自転車から降りて僕に向き合った。清田は僕と同じ、骨の髄までの貧乏人だった。

「おめえ、彼女いねえだろ。紹介してやるよ」

清田はエッと声を上げて、驚き、喜び、とまどった。少しは疑いもしたろうが、十六歳の少年にとってのその手の話は、嘘でも冗談でもかまわなかった。

配達の時間があるというので、僕は清田の自転車のうしろを走りながら、盗んだり壊したりした牛乳の償いについて説明した。

ありのままを、である。だがそのありのままに、嘘がないというわけではない。現実と真実が同義になるのは金持ちだけで、貧乏人はそうではなかった。つまり、ほんとうのところはどうか知らないけど、ありのままを言えばこうだ、と僕は語ったのだった。

少くともそのときの僕は、誠実であったと思う。少女が丘の上の白い家の住人であると確認したとき、僕はすっかり怖気(おじけ)づいてしまった。上等な言い方をすれば、僕にはふさわしくないと思った。わかりやすく言うなら、手に負えないとか、まっぴらごめんというところだろう。とっさに清田ならどうだ、と僕は考えたのだ。考えるというより、清田亮二という非の打ちどころのない友人ならば、丘の上の白い家の少女の恋人になっても、おかしくはないと思った。

僕は清田を内心は尊敬しており、またあのどうしようもない父親を知ってからは、憐れんでもいた。敬意と憐憫をともに感ずる相手ならば、親友と呼んでもさしつかえなかろう。ただ僕は、清田を親友だと認めることがしゃらくさく、また、もったいない気がしていただけだった。

もしかしたら僕は、清田に夢を托したのかもしれない。仮に僕が僕の心のままに従って百合と付き合い始めたとしても、そんな恋愛が続くはずもなく、せいぜい夏が終わるころには、僕はひどくみじめな思いをしているか、さもなくば今度ばかりは勘弁ならずに、めでたく少年院送りになっているはずだった。

たとえばこれが日活の青春映画のストーリーだったとしたら、深窓の令嬢と札つきの不良少年の報われざる恋というのは、まさにもってこいである。しかしその種の悲恋物語にちっとも現実味がないことは、当の不良少年がよく知っていた。

では、令嬢の恋人が不良少年ではなく、二宮金次郎みたいな勤労少年であったらどうか。これはストーリーとしては面白くはなさそうだけれど、芸術祭参加とか文部省推薦とかいう、名画にはなりそうである。

僕が清田に夢を託したというのは、その程度の子供っぽい理由だった。だが考えようによっては、子供はその程度にしか説明できないが、実はもっと壮大な、もっと切実な思いが僕にはあったような気がする。

僕は私生児で、実の父親とは何度か渋谷の忠犬ハチ公の前で待ち合わせた記憶があるばかりだった。男をしじゅうとっかえひっかえして、しかも勲章のように見せびらかす母を、僕は舞うことのできる娼婦（しょうふ）だと考えていた。僕はいつだって一文なしだったし、千何百円かの奨学金を借りるために、毎月頭をへこへこと垂れ、嘘をつき、愚痴を洩（も）らしては教師にぶん殴られた。

清田も似た者だった。僕以下かもしれないが、僕以上ではない。似た者どうしの大ちがいとはまさにこのことだ。

僕にはとうてい無理な話でも、清田にはできるかもしれないと、僕は説明できぬ心の奥底で、切実に、祈るように考えていたのだと思う。

麓の下町に生まれ育った僕らにとって、丘の上の白い家はけっして人の住む家などではなく、太陽や月や星ぼしと同じ天然の風景だった。もしそれを、僕らとどこも変わらぬ人間の住居だと確信して、恋愛という見えざる虹(にじ)の懸け橋を堂々と渡る若者がいるとしたら、誰がどう考えても僕ではなく、清田亮二のほかにはありえなかった。

僕は清田に夢を託した。山のような奨学金の償還義務を背負って国立大学に進み、やがては社長になるのか大臣になるのか、ノーベル賞級の物理学者になるのかは知らないけれど、僕が清田に托する夢は、そんなに遥(はる)かな先のものであってはならなかった。

牛乳屋の裏の井戸端で、清田が黙々と牛乳瓶を洗うさまを、僕は運河の土手で煙草(たばこ)を吹かしながら眺めた。

底意地の悪そうなおかみさんがしばしば現れて、洗い直しの牛乳瓶を置いて行った。清田を金切声で叱(しか)ることができるのは、世界中でこのばあさんひとりだろうと僕は思った。

手伝おうかと僕が言うと、清田は笑いながら、いいよいいよと答えた。そのいいよいいよについて、僕は真意をあれこれ考えたのだが、どれも邪推にちがいなかった。親の酒代(さかて)まで稼いでいる清田が、他人の情けに甘えるはずはなかった。

清田の作業は八時ちょうどに終わった。夏休みでなければ、家に駆け戻って登校するぎりぎりの時間だった。事務所の扉を閉めるとき、清田は学校の応援部や野球部の一年坊だってそうまではするまいと思えるほど姿勢を正し、大声で「ありがとうございました」と言った。それを言うなら将来の総理大臣かノーベル賞学者に働いていただいている、牛乳屋のほうだろうと僕は思った。

清田はコーヒー牛乳を両手に持って土手を昇ってきた。日付はきのうだけど腹をこわしゃしないよ、と言った。白のほうが栄養になるんだけどな、とも言った。

女のように痩せた、花茎のような咽の渇えたように動くさまを、僕は牛乳瓶を握ったまま見つめた。同じような生まれ育ちをしたはずなのに、こいつはどうして自分のものと他人のものの見分けがつくのだろうと思った。それは盗みもせず他者を傷つけもせずに、ひたすらおのれの領分を守り抜いてきたということで、職員室では簡単にほめそやされているのだろうけれど、僕から見れば奇跡だった。

「ところで、どうして俺なんだよ」

と、清田はいささかの猜疑心もない笑顔を僕に向けた。

理由は複雑すぎて言葉にはならず、むろん僕自身もよくはわかっていなかった。ただ、額面通りに、牛乳を盗んだり壊したりした贖罪だと思ってほしくはなかった。

「したっけおめえ、面白えことなんてひとっつもねえじゃん」

僕はくわえ煙草のまま、両手いっぱいの花束を捧げるように、心をこめてそう言ったつもりだった。

夏が去り秋が来ても、丘の上の白い家は何ごともなく僕の頭上にあった。

変わったことといえば、生まれて初めて働き、給料を貰った。土曜の午後と日曜に左官屋の現場に行き、壁土を捏ねたりセメントを塗ったりして、そうは役に立っているとは思えなかったが、左官屋は恐喝よりずっと割に合う金をめぐんでくれた。

その給料で盗まずに牛乳とパンを買い、思い立って久しぶりに英子のアパートを訪ねたら、眉毛にまで彫物を入れた強面が出てきて、そんな女は知らねえよ、と言った。英子が引越してしまったのか、それとも僕の帰ったあと強面に締められたのかは知らない。ともかくあの嘘つき女は、僕たちの人生に道標の残骸だけを残してかき消えてしまったのだった。

清田と百合がどうなっているのか、僕は知らなかった。あえて清田に訊ねさえしなければ、情報は何も入らない。僕と清田は級友たちのいわく「スカラ兄弟」であることを除いては、ほとんど接触がなかった。

男女を隔てる垣根がすっかり消えてしまった今日ではなかなか理解しづらいだろう

が、そのころの少年少女はあんがい行儀よく住み分けていた。しかしふしぎなことに、恋愛の数は今と同じだけあった。つまり垣根はあっても、それを乗り越えて突撃するだけの活力を、若者たちは持っていたのだろう。いきおい恋愛の質は高く、恋人同士の関係は緊密だったと思う。

恋愛の端緒といえば、友人からの紹介が王道だった。だから僕があの日からいくらも経っていない夏の陽ざかりに、港の公園で二人の仲人役となったのは、少しも不自然ではなかった。むしろ僕は、英子が何を企んでいたかは知らないが、怪しげな目論見を正当で安全なものに変えたつもりでいた。

九月の月末に、こんなことがあった。

例によって奨学金受領のために、僕と清田は校長室に行った。捺印をおえると、教頭も事務長も担任も人払いされ、かわりに生活指導の教員が入ってきた。

やばい、と僕は身をすくめた。生活指導の教員は僕の天敵だった。清田の品行に落度などあるわけはないから、これは僕の悪事が露見してこっぴどく叱られるか、へたをすると停学処分の宣告だろうと思った。

ところが校長は、厳かな声で思いもよらぬことを言った。

「清田君と小沢君は仲がいいんだなあ。水と油だと思っていたが」

真綿で首を絞めるような言い方だった。僕と清田の接点といえば、百合しかなかった。

「隠れ隠れ交際するのではなく、先さんのお宅まで伺ってご挨拶をしたというのは、君らしいと思うよ」

と、校長は清田に向かって目を細めたが、表情は堅かった。

「だがねえ、親御さんからするとなかなか穏やかではないんだよ、そういう話は。ましてや地元の名士のたったひとりの娘さんでありお孫さんであるんだから、教育長がわざわざ本校までおいでになって、かくかくしかじかと言われたのではねえ」

わかりやすい話だった。しかし、だとするとどうして僕までがその話を聞かねばならないのだろう。その答えはじきに、天敵の生活指導係が明かした。

「おい小沢。教育長からおまえの名前が出たときには、心臓が止まりそうになったぞ。清田を先方に紹介したのはおまえなんだってな。で、おまえは家庭教師をしていた人の甥なんだってな。おまえ、いつの間にそんな立派なおばさんができたんだよ。話がおかしいじゃないか。何考えてんだよ。本当のことを言えよ」

僕は開き直った。清田には何の落度もない。それを証明するためには、校長と教師が最も気にかけている部分を白状するほかはなかった。

「おばさんなんかじゃねえって」

「じゃあ、誰なんだ」

「俺の女だったんだよ。そいつに紹介してもらったんだけど、俺なんかじゃ釣り合わねえから清田に回したんだ。けど、俺は何もやってねえよ。その女とはさんざやったけど」

まるで僕が刃物でも抜いたように、あたりはしんと静まってしまった。校長も教師も呆然(ぼうぜん)として、懸命に推理を働かせているふうだった。考えたってわかるものか。現実と真実が同じものだと信じている、おまえらの頭なんかに。

「校長先生」と、沈黙を破って清田が背筋を伸ばした。

「小沢は関係ありません。僕はこそこそ交際するのはいやだし、自分の立場を偽って電話をしたりするのはもっといやだから、お宅に伺いました。おかあさんもおばあさんも歓迎して下さいました。おとうさんはご不在でしたが、話だけ聞いて悪く思うはずはありません。だから、これはきっと何かのまちがいだと思います」

校長は答えに窮した。そして、苦しまぎれにしろ口にした言葉を聞いたとき、こいつの禿頭(はげあたま)の中味は豆腐じゃなかろうかと僕は思った。

「あのねえ、清田君。大人というのは、そういうものだよ。顔つきと腹のうちはちがうものさ。君もいずれわかると思うがね」

清田は即座に言い返した。

「では、校長先生も今こうしておっしゃっていることと、お考えになっていることはちがうんですね。身分がちがうだの分不相応だのというのは、ナンセンスだと思ってらっしゃるんですね。だったら、話はもうこれでよろしいんじゃないですか」

こいつは最高だ、と僕は思った。そもそも先方の親の懸念も、教育長の介入も校長の指導も、憲法違反にちがいなかった。たとえ清田と百合が未成年者でも、二人の交際に親権者や教育者という立場からゆえなく文句をつけることなど、許されるはずはなかった。その点を主張するのは簡単だ。だが清田は自分の正当な主張を、本来はその主張をすべき校長に押しつけた。

「清田ァ、おまえ、理屈を捏ねるなよ。あのな、貧富の差だとか、そういう時代遅れのことなんかじゃないよ。価値観のちがいだよ。どうせうまく行くわけないって」

生活指導の教員はわけのわからない泣きを入れた。生徒を殴ることが趣味のこんなやつは、清田の敵ではない。

清田は最高だった。

「どうせうまく行くわけはないんですか。ほんのちょっとでもそんなことを考えたら、僕は高校にも上がれませんでした。価値観のちがいというのは、階級主義の受容だと思います。先生方も教育長も、妙な言いがかりをつける親も、もういっぺん戦争をして、もういっぺんこてんぱんに負けて下さい。小沢、帰ろう」

僕らはいやがらせのように気を付けをして、「帰ります」と声を揃（そろ）えた。

忘れがたい場面がある。

僕と清田が連れ立って下校したのは、後にも先にもその日の一度きりだった。裏門から出て行くとき、掃除当番の級友たちが「スカラ、スカラ、スカラブラザース」と二階の教室から囃（はや）し立てた。僕は手を振っておどけ、清田は早足になった。

バス通りの電話ボックスの前で清田は立ち止まった。意図を察した僕は、ポケットからありったけの十円玉を出して清田に手渡した。

「帰ってるかな。部活やってんじゃねえの。いなかったら切れよ。こんなときに親と話なんかするなよ」

台風でも近付いていたのか、海から山へと暗くて湿った風の吹き抜ける日だった。空は唸（うな）っていた。

「清田と申します。ユリさん、いらっしゃいますか」

けっしてユースシンフォニーなどとは口にしなかった。もしかしたら清田は、百合が発案し僕が申し送った嘘を、一度も使わなかったのかもしれない。清田に嘘は似合わなかった。たとえそれが恋人たちの方便ではなく、貧乏人が生きてゆくためのかけがえない武器であったにしても、だ。

電話はほんの一秒で切れた。つまり使用人が「いません」とひとこと告げて受話器を叩き置く間だった。すると、電話ボックスの中の清田の姿が、まるで艫から海に呑みこまれる感じで、すとんと消えた。貧血でも起こしたかと思って、僕はドアを開けた。

嵐に吹き飛ばされたプラタナスの葉が、受話器を抱いたまま蹲る清田の頰に、瘡のように貼り付いた。

清田は泣いていた。それも赤ん坊の夜泣きみたいに、わあわあと声を涸らして号泣していたのだった。どうしていいものやら、手が付けられない有様だった。泣き喚きながら清田は、ユリちゃんユリちゃんと恋人の名を呼び続けた。

「おめえ、やったろ」と僕は思いついたなりを口にした。べつだんの他意はない。とっさの勘働きを口にしただけだった。

その場面がいつまでも色あせずに、僕の記憶の口絵を飾っているのは、汚れた町に生まれ育った僕が初めて見た、穢れなき風景だったからなのだろう。べつにそんな町に生まれなくたって、純情の具体を見る機会など、そうはあるまいが。

清田はその秋の全国模試で、日本一ではなかったけれどほとんど僅差の、県下一位になった。

興奮した校長は放送室を占拠して、みずから全校に臨時ニュースを流した。あろうことか清田の不遇な家庭環境と、奨学金を受けている事実までを、まるでてめえの手柄みたいに暴露して、しまいには泣き声になった。

同じ男泣きにしても、馬鹿と利口はこんなにもちがうのだな、と僕は思った。

もし僕があのとき、放送室に躍りこんで校長を叩きのめしていたら、退学になっただろうか。清田のためにではなく、むしろ自分自身のためにそれをしなかったことを、僕はいまだに恥じている。

冬休みに、清田は死んだ。

緊急電話連絡網の末端の、アパートのピンク電話でその報せを受けたとき、僕は友人の最初のひとことで受話器を取り落とした。電話に電気が走った感じだった。

ぼんやりと部屋に戻ると、母はいつもより遅い夜の仕度をしており、きょうは同伴するという左官屋が、このごろ誂(あつら)えた老眼鏡をかけて競馬新聞を読んでいた。

「ダチが死んじまってよォ」

できるだけ他人事のように、僕は鏡の中の母に向かって言った。

「友達って、誰よ」

僕はなぜかその名を言いためらって、拍子抜けしたころに、「清田。清田亮二」と呟(つぶや)いた。母はへえ、と言ったきりだったが、左官屋は老眼鏡をかしげて、じろりと僕を睨(にら)んだ。

左官屋だけには、ことの経緯を話していた。僕は冗談めかして言い、左官屋も笑って聞き流していたふうだったが、苦労人のうえにあんがい常識的なそのおやじは、思うところがずいぶんあったのだろう。

「せんに言っただろ。俺が紹介した女とさ、雪ん中で心中だってよ。信じられっか。まるで明治時代だ」

さすがに母もぎょっとして、紅を引く手を止めた。僕は運河に面した北向きの窓を開けて、丘の上の白い家を仰ぎ見た。きっと今ごろは大騒ぎだろうに、どうしてこんなときでもあの家がいつもと同じに見えるのか、僕はふしぎでならなかった。

「関係ねえんだよな」

と、左官屋は言った。

「ああ、関係ねえよ」

僕はたしかにそう答えた。貧乏人が平安のためにつき続ける嘘というのは、つまりそういうものだった。

清田の死に関する情報は、不自然なくらい何も伝わってこなかった。

年が明けて何日も経たぬ、たしか五日か六日のことだったのは、事実を隠蔽しようとする学校側にとっては都合がよかっただろう。生徒たちは宿題に追われているか、そのころ大ブームだったスキーに行っているかで、そそっかしい緊急電話連絡網も半分くらいしか機能しなかったらしい。その証拠に、三学期の始業式の朝に初めて知った生徒が多かった。

三年間の高校生活の間には、「きょうは諸君に悲しいお報せをしなければなりません」という校長の前口上で始まる訃報が二度か三度はあったと思うが、清田の死はその例に洩れていた。クラスの担任から、改まって何かを説明されたという記憶もない。もし聞かされていたとしても、記憶にとどまらぬくらい簡単な報告にすぎなかったのだろう。

空席に花ぐらいは飾ったのかどうか、いずれにせよそのときの始末は、たとえば同室の入院患者が死んでも退院したと言い張る看護師の返事にも似て、追及は禁忌だったし、わかっていても忘れることが死者に対する礼儀だと、みんなが考えているふしがあった。

何しろ心中だ。そうした事例がほかになかったわけではあるまいが、単なる自殺や交通事故とは重みがちがった。映画やドラマならばともかく、いざ身近に起こってみると甘美さなどはかけらもなく、変死中の最たるもののような残酷さだけを感じた。

だから誰もが、さほど噂も立てずに忘れようとした。死んだことなど百も承知で、退院したと思いこむことにした。貧乏人だらけの公立高校では自然な現象だった。生徒たちの多くは、現実に目をそむけて、あるものまでないことにする処世の術に長けていた。

始業式の日、僕は校長室に呼び出された。旧校舎に向から廊下を、あのときほど長く感じたおぼえはない。このさき僕はひと月に一度、暗渠のようなこの廊下をひとりで歩かねばならないのだった。清田の死を実感したのは、そのときが初めてだったと思う。

校長室には左官屋の作業衣と同じボア付きのジャンパーを着た男が座っていた。新潟県警の刑事さんだと、校長が僕を宥(なだ)めるようなやさしい口調で紹介した。

刑事が言うには、もし無理心中ならば、容疑者死亡のまま書類送検をする必要があるのだそうだ。

僕は死者の名誉にかけて、清田を弁護した。すべてをありのままに語ればそれでよかった。

訊問(じんもん)は執拗(しつよう)だった。たとえ力ずくではなくても、意志を一方的に強要すればそういうことになるのだ、と刑事は言った。

「本人がそう言ってるんだよ」

僕はエッと声を上げた。

「本人って、誰が」

「ありゃ、知らねえのか」

百合は生きていた。清田が死んだことよりも、百合が生き残っていたことのほうが、僕にはずっと理不尽に感じられた。しかし刑事は言うのだ。心中を迫られた百合が一命をとりとめたのは、不幸中の幸いだったと。

清田亮二の葬式がいつどこで、どんなふうに行われたのか、僕は知らない。

貧しい家族がささやかな弔いを出したとすれば、まさか古アパートではうまくなかろうから、たぶん運河のほとりの市営葬祭場だったろうと思う。その近くを通りかかるたびに僕は、清田の骨が墓にも納められず、飲んだくれの父親の手で運河に捨てられたような気がしてならなかった。

そんな幻想を拭いきれぬくらい、清田は貧乏で、儚かった。

左官屋の手伝いで早起きしたとき、行きがけの商店街で牛乳配達を見かけると、清田を思い出すのではなく清田ではなかろうかと思った。清田のいない町はいっそう貧しく、何だか重心を欠いたような気がした。

牛乳が飲めるようになったのは、それからずっとのちの、人の親になってからだ。

母は深酒がたたって体を壊したのをしおに、左官屋と所帯を持った。

自分をいい女だと思いこんでいる母が、まちがってもあのちんちくりんの、五十過ぎまで独り身だった左官屋に惚れるはずはない。母は食うに困ったのではなく、貧乏に抗うことをやめて安住したのだと思う。

僕にとってありがたかったのは、天涯孤独の左官屋が入婿してくれたことだった。埋立地に建つマンションに引越して、生まれて初めて自分の部屋と机を持つことができたうえ、苗字を変えずにすんだ。

　左官屋は僕を跡取りにしようとしていたくせに、大学受験に失敗したとたん宗旨を変えて、僕の手から鏝や鋤を取り上げた。おかげで僕は、翌年には上等な大学に進んで建築士の資格も取った。

　左官屋は僕の設計した家の壁を塗りながら、脳卒中で死んだ。いや、仕事はきっちりと仕上げてあったから、塗りながら卒中を起こし、根性で塗りおえてから死んだ。

　その往生際の鮮かさは僕を泣かせた。生まれ育った町にとどまって会社を大きくしたのは、僕の手でこの町を塗り変えるのも悪くはないと思ったからだった。ときには現実にまさる真実もあることを、少くとも精一杯の根性をこめれば、くたばるときにはその奇跡が起きることを、左官屋は僕に教えてくれた。

　そういえばちかごろ、こんなことがあった。僕に初孫ができて、浮かれ上がっていたほんのちかごろのことだ。

　材料や道具がよくなったぶん仕事ぶりが甘くなったせいか、それとも叩き上げの職人が少なくなったせいか、最近は施主からの苦情が多くて仕様がない。それで僕は、目の届かない下請業者の現場まで、できるだけ足を運ぶようにしている。社長は苦労性だのやかましすぎるだのと、現場どころか重役たちまでもが口を揃えて言うが、いざ事故が起きて困るのは僕ひとりなのだ。苦労性でもやかましすぎるわけでもあるまい。貧乏性と言うなら中(あた)っているが。この猜疑心(さいぎしん)の強さで、不況を乗り切ってきたようなものだ。

丘の上の白い家は、あの日のままに建っていた。

ただし、麓(ふもと)の町からはもう見えない。僕が躍起になって建てた高層ビルが、いつしか屏風(びょうぶ)になってしまった。

そうでなくとも丘の上の白い家は、かつての象徴性を喪(うしな)っていた。広い敷地は館(やかた)を残して切り売りされ、かつては市営公園だった樅(もみ)の木の森も、さんざすったもんだしたあげくに払い下げられて、雛段(ひなだん)の宅地に姿を変えた。

このご時世では売れ行きも悪いけれど、徐々に埋まってゆく宅地のあらかたは、僕の会社の看板を掲げる下請けの現場だった。

丘の上の白い家には四季咲きの薔薇垣(ばらがき)が繞(めぐ)っていて、屏風のすきまから覗(のぞ)く海は、宅地の広告に掲載した「海一望」はいささか大げさにしても、それはそれで美しかった。

家紋を象(かたど)った鋼鉄の門の脇(わき)に、様子の良い老女が日傘をかしげ、ぼんやりと佇(たたず)んでいた。

逝く夏を惜しむ法師蟬の声にじっと耳を傾けているようにも見え、赤や黄や橙の花のグラデーションに見とれているふうでもあった。

だが僕はそのときどうしたわけか、彼女がずっとそこにそうして、僕がやってくるのを待ちわびていたように思った。

「やあ、お久しぶりですねえ、わかりますか」

と、僕は車の窓を開けてなるたけ俗っぽく、いかにも通りすがりの知己のように声をかけた。そういう物言いのほかには思いつかなかった。

「小沢ですよ」

僕は車から降りて彼女に向き合い、微笑みかけながら名乗った。恩讐などはかけらもなかった。記憶を喪ったわけではないが、彼女にまつわる出来事は、すでに胸の奥底のちょっとした痼でしかなかった。むしろ青春の一齣が甦って、僕はほとんど有頂天だった。

第一、僕は恩讐を抱くほど彼女を知っていたわけではなかった。もし僕がかつて愛着し、呪咀したものがあるとすれば、それは彼女ではなく、老いてもなお権高で美しい、丘の上の白い家だった。

——何度お越しになっても、わたくしの返事は同しことでしてよ。

生身の人の声とは思えなかった。

「いえ、そういう話ではなく――」

僕の関知していなかったことだが、丘の上の白い家の敷地を残して、宅地開発は終わっていた。現場を回るときの僕は社名と社章の入った上着を着ており、のみならず乗用のリムジンにも、これ見よがしの金色の社章が記されていた。

――お偉い方がおいでになっても、気持ちが変わるわけではございません。お引き取り下さいまし。

もし僕の思い過ごしでなければ、彼女はそのときじっと、僕の目を見据えた。しかし老いたなりに気品ある面ざしには、感情のかけらも顕われなかった。日傘を負ったまま彼女は、いささかも敬意を払わぬ、むしろゆえなくて人を憐れむような貴顕のお辞儀をして、踵を返した。そして鋼鉄の門の錠をおろし、陽ざかりに弧を描いて輝く車寄せを歩み、玄関の大扉のうちに吞みこまれた。

丘の上の白い家は、何ごともなく静まり返った。ふと見上げれば煉瓦の煙突にくりつけられた風見鶏が、赤錆びたまま僕を見くだしていた。

小沢君へ

私と亮二が今どこで何をしようとしているか、あなたには想像もつかないでしょう。正解は、上越線の夜汽車の中。三が日を過ぎれば、下りはもうガラガラです。亮二は薄っぺらなナイロンヤッケにくるまって眠ってしまいました。もうじき永遠の眠りにつくのだから眠らないでと言ったんだけど、よっぽど疲れていたみたいです。あんまり寒そうなので、私のマフラーを貸してやったら、これ幸いと向かいの席に寝そべって眠ってしまいました。

そうです。実はこれ、遺書なんです。自分でもまだピンときてないんですけどね。水上（みなかみ）。湯檜曾（ゆびそ）。窓の外は雪だらけです。このあたりでもいいと思うけど、亮二は寝ちゃったし、もうじき国境の長いトンネルを抜けて雪国。雪が深ければ深いほど、真夜中になって寒くなればなるほど、楽に死ねると思います。睡眠薬はおばあちゃまの常備薬です。

小沢君は、自分が遺書などもらう筋合じゃないと思ってますね。それはごもっとも。おまけに遺書はこれ一通です。

ほんの小さなころから私は、死ぬことばかり考えていました。それも、大好きな人と、雪の中で一緒に死ぬんです。でも、恋人ができないんじゃ、仕方ないですよね。そんな話をうっかり家庭教師の先生にうちあけたら、びっくりするどころか協力してくれるっていうの。変わってますよね、あの人。

小沢君の前に紹介してもらった人が十人くらい。でもどうしたわけかおじさんばかり。中にはこの人なら一緒に死んでもいいかなと思ったおじさんもいたんだけど、口に出したとたんにお説教をされたんです。やっぱりおじさんはだめですね。

だから小沢君を紹介してもらったとき、コレコレ、コレですよって思いました。どうしてあの晩、小沢君は私を欲しがらなかったんだろうって、今もふしぎでなりません。それまでの人はみんな、食事なんか後回しだったのに。

つまり、いま私の前でナイロンヤッケを着て寝ているのは、本当なら小沢君だったはずなんです。今さらこんなことを言うのは変ですけど、どちらかというと私は、亮二より小沢君のほうが好きでした。

これ、まさかラブレターじゃないですよ。小沢君がどれくらい勘がよくて、運が強いかということを教えておきたかっただけです。

亮二はハンサムだけど疲れます。上野駅の翼の像の前で待ち合わせたとき、一時間も遅れてきたから、さては逃げたかと思ったんだけど、言いわけを聞いてビックリ。

冬休みの宿題を終わらせてきたんだって。

でも、亮二を紹介してくれた小沢君には感謝しています。底抜けにいい人ですよね、亮二って。

一緒に死んでほしいって言ったとき、亮二はそれほど驚きもしなかったし、お説教もしなかったの。おじさんたちよりもずっと冷静で、死ななければならない私の悩みを聞こうとしました。

ありがたいけど困るんです。私の悩みはとりあえず誰かと死にたいっていう悩みだけなんだから。

仕方がないから私は、かわいそうな少女漫画のストーリーをそのまま話しました。私は貰(もら)いっ子で、毎日毎日いじめられてるのって。亮二はとても同情してくれました。でも、アッサリ死んでくれるかと思ったら、そうはならなくて、ある日突然、家にやってきたんです。あのときはアセリましたねえ。

変なこと言ったら私がもっといじめられるからって耳打ちしたら、立場がなくなったとみえて、まるで私をお嫁さんに貰いにきた人みたいに、カチカチになっていました。あれじゃどう見たって危険なボーイフレンドです。おばあちゃまもおかあさまも、べつに話のわからない人じゃないんですけど、おとうさまもご出張のときだから何かあっても大変というわけで、知り合いの議員さんとか弁護士さんとかに相談していました。

まずいなあ、とは思ったけれど、よく考えてみればちっともまずくはありませんね。許されざる恋っていう、ロミオとジュリエットみたいな話ができ上がっちゃったんですから。

事情はそんなところです。ところで、遺書っていうのは勝手に開けちゃいけないのよね。万一のためにしっかり封をして、「小沢君へ」って大きく書いておきます。

あとは、亮二がいざというときに尻ごみしないことを祈るだけ。本当のことを言うとね、それが一番心配だから、さっき睡眠薬入りのお紅茶を飲ませちゃったんです。もう後戻りはできないんだから。国境の長いトンネルを抜けて雪国に着いたら、亮二を叩き起こして、歩けるところまで歩かせて、あとは雪の中にひきずりこみます。

私は亮二を愛しているのでしょうか。

たぶん、男性として愛してはいないと思う。よく知らないけど、恋愛というのはこんな感じではないと思う。

でも、ちょっと尊敬してる。だってこの人、嘘をつかないんだよ。おとうさまもおかあさまも、家庭教師も、そうよ、小沢君だって私だって、みんなみんな大嘘つきなのに、亮二は生まれたときから今の今まで、たぶんいっぺんだって嘘をついたことがないのよ。

だから、こんなことになるんだけどね。

いま、長いトンネルを抜けました。夜の底どころか、山も森も家も線路もまっしろです。おかげさまで私の心の中も、まっしろになりました。

丘の上の白い家に生まれ育った私は、きっとあの壁よりももっと白い色を探していたのでしょうね。

心のまっしろな亮二には、まっしろな雪がとてもよく似合います。そろそろ目を覚ましてもらわなくちゃ。

かしこ

樹海の人

はたちのころ、ふしぎな体験をした。

もっとも、体験と言い切れるほどたしかな記憶ではない。それからの長い時の間に勝手な想像が挿げ足されて、いったいどこまでが事実であったのか確信を持てぬからである。たとえば初恋の記憶のようなものだと言えば、そんなところであろうか。

いかに小説家とはいえ、このような書き出しをしたからには多少の責任を負わねばなるまいと考え、書斎の奥深くに分け入って証拠物件を発掘した。

しかるのち再び筆を執る。

証拠物件の一は、トルーマン・カポーティの"BREAKFAST AT TIFFANY'S"。感心なことに英文の原書である。今となっては信じ難いばかりだが、大学に進まずに陸上自衛官となった私は、受験勉強の成果であんがい英文の読解ができたらしい。ところどころに辞書を引いた痕跡の赤字があり、最後までどうにか読み了せたこともわかる。文庫本を少し縦に引き延ばしたサイズである。

証拠物件の二は陸上自衛隊の「通信帳」で、こうした官品を持って除隊するのは規則違反にはちがいないが、まあ時効ということでよかろう。

白い表紙の横長のノートである。今さら規則違反を責むるように桜の隊章が印刷されており、当時の所属部隊と階級氏名が、明らかに私の筆跡で書きこまれている。

ページをめくって、これをあえて返納せずに持ち出さなければならなかった理由が知れた。通信帳の前半は傍受した電文で埋まっている。たとえば、

「〇一三〇小隊ハ土屋台ニアリ。南東五百ニ戦車一両ヲ含ム優勢ナル敵。至急応援タノム」

などという、通信訓練か部隊演習かはわからないが、しごくまじめな、緊迫した文字が書きつらねてある。

しかし、同じ通信帳のうしろからは、あろうことか米粒のようなボールペンの文字で小説が書かれているのである。

実にたとえば、であるが、

「雪子は男を起こさぬようにそっと蒲団を這い出ると、粉雪の降りかかる窓辺に倚った。しかしじきに、眠っていると見えた恋人の腕が一糸まとわぬ背中を抱きしめたの

であった」

などという、何だかものすごく古くさい、それでいて今とさほど変わらぬところがたいそう恥ずかしくもある文章が、連綿と並んでいる。

これではまさか返納することはできまい。ならばその部分だけ破り棄てればよさそうなものだが、はたちの私は除隊後に清書して文学賞に応募しようとでも考えていたのであろうか。

ともあれ、カポーティの小説と私の涙ぐましき習作を記した通信帳、この二点が曖昧な記憶を事実とする証拠品である。

では、なるたけ虚飾なく、過ぎにし青春のふしぎな体験をたどることにしよう。

空を響動もして春の嵐が寄せてくる、朝まだきであったと思う。

東富士の幕営地を出発したトラックは演習場の境界を越え、無線機を背負った通信兵をみちみちひとりずつ降ろしながら走った。

下車したのちはすみやかに樹海の奥へと進出し、交信を開始する。民間人と接触してはならない。撤収時は下車した位置で待機せよ。

教官はいちいち同じ命令を伝えた。話が大ざっぱ過ぎて質問のしようもなく、降ろされた隊員はとまどいがちの敬礼を返すと樹海に消えていった。

結果を求める訓練ではなかったのだろう。つまり斥候に出た通信兵が孤立無援のジャングルに置き去られたという、状況を体験するのである。

そのあたりが電波の届きづらい地域であることは知っていた。高出力の車載無線機ですら、よほど場所を選ばなければ役に立たず、小型の携帯無線機はまったく用をなさなかった。つまり通称P10と呼ばれる中隊無線機を背負って、通信可能な地点を探さねばならないわけで、「すみやかに樹海の奥へと進出し」という命令の意味はそれである。

各中隊から選抜された隊員が、無線通信や有線構築や、手旗や暗号や機材の専門知識を、三ヵ月がかりで修得する集合教育はそろそろ仕上げにかかっていた。

馬鹿では務まらない。訛りがきつくてもいけない。個人装具のほかに十キロの無線機を背負わされるのだから、体力もなければならなかった。

集合教育をおえて中隊に復帰すれば、演習のつど通信手の任務を命ぜられる。歩兵部隊の中では機関銃手と同じくらい、割を食う役目だった。

篠つく雨の中を、トラックは幌もかけぬばかりかごていねいに風防まで倒して走り続けた。車や戦闘服を被う擬装も、顔に塗りたくったグリースも実戦さながらだった。

民間人と接触してはならない、という命令を思い出して、私はおかしくなった。こんな身なりでは民間人が近寄ってくるはずもなく、もし見かけようものならこっちが逃げ出す。第一、台風が接近中の県道はすれちがう車もなく、民家も売店も見当たらなかった。

むしろ気になるのは、撤収時のことである。まず肝心の撤収命令が傍受できるかどうか怪しい。たとえ受信できたところで、下車した位置に戻ってくることができるかどうかも、とうてい自信がなかった。あたりは鬱蒼たる雑木の密林で、目印など何もない。さらにはその撤収命令がいったいいつ出るのか、数時間後なのか数日後なのかもわからなかった。演習というものは戦闘状況を仮想しているので、そうした予定はたとえ決まっていたとしても、隊員たちには伝えられないのである。

雨衣の肩から提げた雑嚢には、野戦食の缶詰と乾パンが入っていた。出発前に装具の点検があって、私物の食料や金銭は取り上げられた。それでも通信帳に挟みこまれたカポーティの小説は、見つからずに持っていた。いつ終わるとも知れぬ孤独な生活に、一冊の書物があることは幸いだった。

やがて私は、ほかの通信兵とも遥かに離れた県道のきわに降ろされた。教官は同じ命令を伝え、私は復唱した。あとは勝手に生きろとばかりに、トラックは去ってしまった。

降りしぶく雨の中にしばらく佇んで、私はあたりの風景を記憶した。県道はひたすらまっすぐに延び、特徴らしきものといえば遅い花を咲かせた辛夷の枝が、電線を脅かすように張り出しているだけだった。風はいよいよ募って樹海を揺るがし、トンネルのような県道をすぼめたり、拡げたりしていた。

教官の目がなくなったので、鉄帽や戦闘服の肩を被った芒の擬装をむしり取った。無線機を背負い、あらゆる装具の中でこれが何よりもばかばかしいライフルを担って、私は密林に歩みこんだ。

半長靴の中は歩くたびにぐずぐずと不快な音を立てた。天幕は持っておらず、露営の頼みである一枚の毛布は、捨ててしまいたいくらい重かった。

瞳をめぐらすたびにめまいのするような厚い森が、涯てもなく続いた。初めは針葉樹の枝の延び方を読みながら、真南をめざして歩いたのだが、そのうちすっかり方向を失ってしまった。

ともかく通信の可能な地点を探さねばならなかった。出発前に周波数は合わせてあったから、電波が届けば受話器の差音が途切れる。しかし歩けど歩けど、雨衣の肩に挟んだ受話器は、濁流のような雑音を流し続けていた。

人間は誰しも、自分が今どこで何をしているのかと考えることがある。いわばおのれの存在に対する懐疑である。私は生来、哲学とは無縁の得な性格なのだが、さすがにこのときばかりは考えた。いったい俺は、こんなところで何をしているのだろう。何のために、鋼鉄の箱と鉄砲を背負って、濡れねずみになりながら密林をさまよっているのだろう、と。

日ごろ生活している営内班は十名の雑居部屋であり、訓練も演習も小隊や中隊の単位で行動するから、隊員がひとりきりになることといえば、深夜の歩哨勤務ぐらいのものである。つまり孤独という事態そのものが、常にはありえなかった。慣れていない分だけ、懐疑の魔物は私を呪い続けた。

私は命令通りに、樹海の奥へと進んだ。いやたぶん、なるべく奥に入りこまぬよう心がけていたのだが、そのうち次第に命令通りの行動をとってしまったというほうが正しかろう。差音の強弱に耳を欹てながら進むうちに、すっかり方向を失ってしまった。やがて針葉樹林は手つかずの雑木の森に変わり、地面は蒲団のように厚い苔と羊歯類の群生に被われた。

雨雲は樹海の上にわだかまっていた。松や樅ならば雨を遮ってくれるが、若葉の芽吹き始めた雑木はむしろ狙い撃つように、大粒の滴を鉄帽に浴びせ続けた。

ようやく司令部からの電波を傍受したのは、樹海を何時間もさまよった午過ぎであったと思う。

――こちらCP。応答せよ、送れ。

差音にまみれて、か細い声が届いた。私は送話器のボタンを押して答えた。

「CP。CP。こちらフォックストロット。感あり、送れ」

通信手にはそれぞれ、アルファ、ブラボー、チャーリー、デルタ、という呼称が与えられていて、Fすなわち「フォックストロット」が私の名前だった。NATO軍共通の通信符号である。

――了解。フォックストロットの電あり。感度悪し、微調整せよ。送れ。

私は電波を傍受した位置に銃を置いて目印とし、少しでも差音の静まる場所を探してあたりを駆け回った。だがふしぎなことに、かろうじて電波が届くのはその一点だけで、数歩離れればたちまち雑音が受話器を被った。私はもとの位置に戻って無線機を背中から下ろし、周波数のダイヤルを針の穴に糸を通すぐらい息をつめて調整した。

規定の周波数からはだいぶ飛んだあたりで、ふいに差音が消えた。

「CP。CP。こちらフォックストロット。感どうか。送れ」

とたんに耳を裂くように飛びこんできたのは、教官の罵声（ばせい）だった。

——遅い！　何やってんだおまえ。現在地、知らせ。送れ。

現在地と言われたところで説明のしようはない。地図は白紙同然だし、どこをどう歩いてきたのかもさっぱりわからなかった。だがむろん、教官もそんなことは承知しているはずである。要は通信訓練なのだから、適当なことを答えればいいのだと思い直した。

「CP。こちらフォックストロット。現在地は県道より五キロ南。近くに大きな岩あり。送れ」

——こちらCP。フォックストロットの現在地は県道の南五キロ。近くに大きな岩あり、了解。異常ないか、送れ。

「こちらフォックストロット。異常なし、送れ」

——こちらCP。フォックストロットは現在地にて別命あるまで待機。一七〇〇（ヒトナナマルマル）より〇五〇〇（マルゴオマルマル）まで電波封止（テフシ）。了解か、送れ。

「こちらフォックストロット。現在地にて別命あるまで待機。一七〇〇より〇五〇〇まではテフシ。了解」

私は受話器を放り出して、苔の上に座りこんだ。

電波封止とは、無線機の電源を切って一切の連絡を断つことである。無線は有線通信とちがって敵に傍受されやすいから、部隊がひそかに行動するときはしばしば電波封止の命令が下される。しかしこの場合は、バッテリー節約のために電源を切っておけ、というほどの意味にちがいなかった。

ともかくこれで、この演習が少くとも明日の朝まで続くことは明らかになった。集合教育は最初の一ヵ月が基礎、二ヵ月目が基礎を応用した訓練、三ヵ月目が戦闘状況を想定した演習である。たぶんこの演習のシナリオは、こうしたものだったのであろう。

敵陣深くに分け入った斥候は、通信兵ひとりを残して全員戦死した。それでも孤立した通信兵は、密林に身を潜ませて敵状を司令部に送り続け、使命を果したのち戦場を離脱する。

いったい司令部の幕舎でどんなことが行われているのかは知るよしもないが、わけもわからず樹海に残置された一兵士にしてみれば、ともかく電波封止が解除された明日の朝の第一電が、「状況終了。ただちに撤収せよ」の命令であることを祈るほかはなかった。

教官の苛立ち(いらだ)からすると、ほかの通信兵の所在はすでに確認できていたのであろう。

私だけがとりわけ電波の届かぬあたりをさまよっていたらしい。

私はビニール袋にくるんでいた煙草を取り出して、火先を雨からかばいながら一服つけた。

樹海はあらかた平坦だが、電波が届いた一点は窪地になっていた。いくらかでも高い場所のほうが有利には決まっているから、この座標はまさに謎だった。

ただひとつだけ、この奇跡のヒントがあるとすれば、司令部に報告した通りの大きな岩だった。そのあたりには苔むした岩がごろごろと転がっており、窪地の中央には神さびた巨岩がでんと鎮座していた。おまえいったい、いつからそこにいるんだと訊ねたくなるような岩である。私の身丈の倍くらいあるてっぺんに、祠が祀られていないのがふしぎなくらいだった。そのかわり、岩の周囲にぐるりと根を巻いて、盆栽のような黒松が生えていた。

もしかしたら、太古に富士山が吐き出したこの巨岩には特別の磁場か何かがあって、電波を引き寄せるのではなかろうかなどと私は考えた。そうでなければ、群らがる枝が空を隠し、鍋の底のようになったこの窪地の中央にだけ無線が通じているという非科学を、説明することはできなかった。

私は煙草を喫いおえると、無線機を窪地に立てたまま後ずさって、いくらかは雨をしのげる巨岩に背をもたせかけた。そのわずかな隔りを移動させても、無線機は役立たずになるのだから仕方がない。

小銃を杖にしてしばらく眠ろうと思ったが、体は冷え切ってしまっていた。まさか読書をする気にもなれず、私は雨に濡れそぼつひといろの緑の世界を、ぼんやりと眺めていた。


実はこの乱暴な演習には、事前の予行のようなものがあった。

市ヶ谷の駐屯地をトラックで出発し、神宮外苑のあちこちに通信兵を置き去って、無線交信をさせるという訓練である。災害時における通信網の確保という名目だったが、やはり後に控える大がかりな野戦通信の予行練習だったのだろう。

東京の町なかでの訓練であるから、むろん銃は持たず、鉄帽ではなく作業帽を冠っていた。たぶん通りすがった人々は、電気か下水の工事作業員だと思ったにちがいない。

司令部に見立てたトラックは絵画館の前に停まっていた。その車載無線機と、外苑のあちこちに散った通信兵のP10無線機が交信をするのである。午前中は平文の電文を送受信し、昼には市ヶ谷に戻って食事をしてから再び定位置に取って返し、午後は乱数表に基く暗号文のやりとりをした。

何はともあれ丸一日、娑婆（しゃば）の風を吸えるというわけで、ほかの隊員たちは喜んでいたが、この訓練は私にだけはただごとではなかった。

すなわち、数少ない地元出身者である。当時の自衛隊には、ふしぎなくらい東京出身者がいなかった。

教官がそんな私ひとりの事情を斟酌（しんしゃく）するはずもなく、これが札幌の大通公園ならばさだめし気楽だろうなどと考えながら、私はあろうことか青山通りにほど近い、銀杏（いちょう）並木に置き去られたのだった。

ほんの一年前まで、私はそのあたりに車を停めて仲間たちとディスコに通っていた。彼らは私が自衛隊に入ったなどとはつゆ知らず、あいつはいったいどこへ行っちまったんだろうと、酒の肴（さかな）にしているはずだった。

朝のうちは老人たちが犬を連れて散歩をし、昼には近在の会社員がベンチでくつろぎ、午後は学生や恋人たちが通り過ぎた。それらすべての過客は、私にとって胸の毒だった。

私の入隊動機は妙なものだった。前年に信倚（しんい）していた小説家が自殺をした。命を絶った場所は自衛隊の市ヶ谷駐屯地内だった。小説家になりたかった私は、さして考えもせず、とるものもとりあえず、あとさきかまわず飛び出す感じで自衛隊に志願したのだった。

親兄弟はなぜだと首をひねり、こぞって翻意を促したが、私は聞かなかった。なぜだと問われても説明のしようはないので、親兄弟どころか自衛隊の面接官にすら動機は語らなかった。

いくらあとさきかまわぬ決心にしろ、さすがに相思相愛の恋人を捨てるのは気がとがめた。その恋人ともいくどか腕を絡めて歩いた銀杏並木なのだと思えば、ひとしお胸の毒だった。

吹きすぎる風も枝垂れる桜も、絵画館のドームに向かってまっすぐに続く空の回廊も、何ひとつ変わってはいないのに、おのれひとりのこの変容はいったいどうしたことであろうと、私は訝しんだ。

あとさきかまわず躍りこんで、何かたしかなものでも発見したというならまだわかる。しかしもともと体が頑健で、バーベルを持ち上げてまで肉体を誇る必要のなかった私は、たちまちミイラ取りがミイラに変じたように、規矩たる軍隊生活になじんでしまった。

つまり、知り合いに会ったらどうしようなどという話ではなかった。世界が何ひとつ変わらずに私だけが変わった。さてこの矛盾をどう説明するのだと、私をめぐるすべての物と人とが、回答を強いているような気がした。

実はそのときすでに、私の人生は十中八九定まっていたようなものだった。任期を継続して陸曹候補生となり、めでたく定年を迎えるまでその天職に甘んじる。あるいは中断していた受験勉強を再開し、夜間大学を経て一般幹部候補生となる。あわよくば多少は有利な条件で部内から防衛大学を受験し、あんがい出世をしていたのではなかろうか。

いずれにせよ私は、軍人になりたかった小説家とはまったくうらはらの、小説家になりたかった軍人になっていたはずである。

十中八九そうなるとわかっていたからこそ、そのころの私は十中の一か二への思い断ちがたく、いつも戦闘服のポケットに文庫本を忍ばせ、通信帳のページを甘い恋物語で埋めていたにちがいない。

あのころの私を呪い続けていた、おのれの存在そのものに対する懐疑、などという茫洋（ぼうよう）たる苦悩を、きちんと説明すればそういうことになる。

神宮外苑での酷（むご）い一日の終わり、私は目の前を通り過ぎるデモ隊を、いささかの身の危険も感じずに眺めていた。ヘルメットを冠り鉄パイプを握った彼らの当面の敵が、自分であることを知っていたのかどうか、まるで見えざる亡霊のように佇んでいた。

——こちらＣＰ。フォックストロット、応答せよ。感あるか。こちらＣＰ。フォックストロット、応答せよ。送れ。

電波封止が解除されたとたん、通信は始まった。明けやらぬ森は乳の中に沈むような霧にくるまれており、視野を揺るがす風雨は収まっていたが、肌に滲み入る糠雨が降り続いていた。

私は受話器にかじりついて答えた。

「こちらフォックストロット。感よし、送れ」

——こちらＣＰ。現在時刻、〇五〇〇。電送る。了解か、送れ。

私は通信帳を開いた。きのうは明るいうちに毛布を被ってカポーティを読み、飽いてからは米粒のような字を並べて恋物語を書いた。冷えた缶飯を食い、寒さで寝つくことのできぬまま、何を思うでもなく乾パンも食いつくしてしまった。

「こちらフォックストロット。了解。電送れ」

電波はきのうよりずっと明瞭だった。司令部が移動したのか、それとも嵐が過ぎ去ったせいだろうか。

撤収命令にちがいないと思っていたのだが、電文を走り書くほどに暗い気分になった。

――こちらCP。フォックストロットの退路は優勢なる敵に遮断されている。別命あるまで現在地で待機せよ。送れ。

撤収ではなく、状況は続くという意味である。私は思わず怒鳴り返した。

「何だよ、それ。まだ終わんねえのか」

――状況中。状況中。

通信手は私を宥めるように連呼した。誰だかはわからないが、司令部の幕舎に勤務しているのは通信を専門職種とする、本部管理中隊の通信小隊である。三ヵ月の間、集合教育の補助要員として私たちを苦しめ続けている彼らを、私は日ごろから腹立たしく思っていた。

「ふざけんなよ。まだ終わらねえんか。冗談はよせ」

――状況中。状況中。

「やってらんねえ。いいかげんにしてくれ」

当然のごとく、このやりとりをスピーカーから聞いている教官が送話器をもぎ取った。

――こちらCP。こら、状況中だぞ。何を寝呆けてやがる。送れ。

私は言葉づかいこそ改めたが、怒りは収まらなかった。

「こちらフォックストロット。撤収はいつになるんですか。送れ」

――こちらCP。くり返す。フォックストロットの退路は優勢なる敵に遮断されている。別命あるまで現在地で待機せよ。了解か、送れ。

「こちらフォックストロット。了解できません。送れ」

――いいかげんにしろ。状況中だぞ。送れ。

「教官にお訊ねします。状況中は自分だけでありますか。送れ」

――そんなわけねえだろ。バカか、おまえ。送れ。

「はい、バカであります。ともかく寒くって、腹もへって死にそうですから、なるべく早いとこ撤収命令を願います。以上、電おわり。別命あるまで現在地で待機します」

同じ中隊の上官ならば、けっして口ごたえなどはしない。だが生粋の歩兵からすると、技術職種の彼らはどことなくひよわだった。

いずれ状況が終了すればこっぴどく叱られるにちがいないが、他中隊からの借り物に彼らが手を上げるはずもなかった。中隊の荒くれ者たちに厳しく躾けられていた私にとって、言葉の叱責などは痛くも痒くもなかった。

たぶん、暴言を返したのは私ひとりではなかったのだろう。通信小隊の教官や助教を侮っている隊員たちは、樹海のあちこちで私と同様の文句をつけたはずだった。

そのせいかどうか、いやおそらく無言の懲罰であろう。撤収命令はいつまで待ってももたらされなかった。

ときおりいやがらせのような電文が送られてきた。

――こちらCP。敵はフォックストロットの退路に地雷を敷設した。現在地にて待機。了解か、送れ。

――こちらCP。救援部隊は優勢なる敵に遭遇して全滅。続けて待機せよ。了解か、送れ。

――こちらCP。斥候の報告あり。フォックストロットは敵に包囲されている。火は使うな。了解か、送れ。

初めはいちいち口ごたえをしていたのだが、そのうちそれもばからしくなって、「了解」とだけ答えるようになった。暖かな天幕の中で、糧食もたらふく食っているだろう彼らは、私たちがおとなしくなるまで状況を続行するにちがいなかった。

雨は降り続いた。二日目も昏れかかるころ、CPからではない声が私の無線機に飛びこんできた。

——こちらエックスレイ。応答せよ、送れ。

私は答えた。

「こちらフォックストロット。エックスレイの感よし、送れ」

樹海のどこかで同じ思いをしている「エックスレイ」が、司令部の仕打ちに業を煮やして、通信手の相互連絡をしてきたのである。むろん、周波数の勝手な変更は禁忌だった。

——こちらエックスレイ。フォックストロットって誰だ。まあ誰でもいいや。みんなに言ってるんだけど、ぐずぐず言うのはやめようぜ。CPは意地になってる。あしたまで続いたんじゃ、ほんとに死んじまうかもしれねえ。了解か、送れ。

「こちらフォックストロット。俺はもう言い返してねえよ。ばかくせえ。寒くて死にそうだ。送れ」

——こちらエックスレイ。がんばれ。いくら何だってバッテリーが持たねえよ。じきに撤収だ。了解か、送れ。

「了解。了解。誰だか知らねえけど、みんなに言ってやってくれ。ああ、腹へった。電おわり」

この禁忌の通信が司令部に傍受された。たちまち教官の声が、おどろおどろしく割って入った。

――こちらCP。全隊員に緊急電あり。エックスレイとフォックストロットは敵に遭遇。小隊は全滅した。現在時刻一七三五から明朝〇五〇〇までテフシ。ただちに電源を切れ。

決定的な懲罰が下された。電源を切ってしまえば、たぶん明日の朝までバッテリーは持つ。つまり、私とエックスレイが禁忌を踏んだために、連帯責任で撤収が一晩延長された。

私は無線機の電源を切ると、命が腐るような溜息をついた。底知れぬ樹海のそこかしこで、無体な命令を受けた三十人の通信兵たちは、同じような溜息を洩らしているのだろう。

日が昏れると再び森の奥から濃い霧が漂い出て、闇を白く染めた。

昨夜は姿を見せなかった蝙蝠が、鉄帽をかすめるほど低く飛び交い、ときおり熊だか猿だかわからない獣が、思いがけぬ近さで吠えた。

よもやとは思うが熊に食われて死にたくはないので、小銃に銃剣を装着した。演習場の区域外であるから、実弾はもちろん空砲弾も持ってはいなかった。

一晩目は何とも思わなかったのに、予期せぬ二夜目の露営は怖ろしかった。嵐が去って条件はずっとましになっていたのだから、あの恐怖感は疲労と空腹のもたらしたものだったのだろう。

巨岩に寄りかかって着剣した銃を抱き、私はうつらうつらと、夢うつつの二夜目を過ごした。

目覚めるたびに、ここはどこで俺は誰なのだろうと懐疑した。たとえ私の未来は十中八九、決定ずみであるとしても、この現実だけはどうしても容れられなかった。

かじかんだ体をさすりながら、これは俺ではない、と私は考え続けていた。

ところで、話もここまでのところはべつだん格別の体験ではあるまい。古今東西、軍隊生活を経験した者ならば、誰でもこの程度のみやげ話を、ひとつやふたつは持っている。

珍しくもない話なのにさほど一般に流布しない理由は、口にするどころか思い出したくもないからである。ことに世の中が豊かになればなるほど、遠い昔に「完成」を見ている軍隊の訓練は、反社会的な経験となる。すなわち、それらは極貧の生活だの犯罪の告白だのと同様に聞こえるか、もしくは同様に聞こえるのではないか、という当人の怖れから、なかなか話材になりにくいと思われる。

ましてや私の場合、さきの通りふつうの兵士とは少しちがう入隊の動機があり、間抜けなことにはまさしくミイラ取りがミイラになって、その不純な入隊動機すら忘れかけていた。幼いころから、かくありたしと憧れ続けていた小説家としての未来は、胸のうちからほとんど消えかかっており、その人生の流れにかろうじて抵抗する良心が、一冊のカポーティと呪文のように唱え続ける恋物語だった。だからここまでの反社会的な体験談を、仮に恥も外聞もなく口にしたとしても、そのさきはあまりに反社会的すぎ、複雑すぎてとうてい語れはしない。よほど手際よく、順を追って話さなければ誰も理解できず、いやそれよりも、その後私がめでたく小説家になることができましたという結果から帰納しなければ、話の形をなさないからである。

幼いころに読んだ物語では、頼みとする蜘蛛の糸が非情にもぷつりと切れて、亡者は血の池地獄へと墜落する。もし彼が、奇跡の登攀の途中で地獄を顧みることなく、無事に極楽の蓮池のほとりに這い上がったとしたら、物語はそのとたんに寓話性を失って破綻するであろう。

現実と虚構の間には、実はそれくらい本質的な懸隔があるのだから、私はこの体験の肝心な「ふしぎな部分」についてはかつて誰にも語ることができず、さりとて小説の形にすることもできずにいた。

そうこう考えると、「人生が二度あれば」という小説のお題は、地獄の空にするすると耀い下りてくる蜘蛛の糸のごとくに思える。

内心、しめたと呟いて私は糸をたぐる。

窪地の縁の乳色の霧の中に、ぼんやりと人影が立ったのは夜の明けやらぬころだった。

糠雨は降り続いており、私は巨岩の苔を枕にしてまどろんでいた。

同じ身の上の通信兵かと思ったが、疲労と空腹とで小便に立つのも億劫なわが身に照らせば、彼らが今さら樹海をさまよっているはずはなかった。

だとすると、訓練がいささか度を越したと反省して、司令部から救援がきたと思うほかはない。

人影は明らかに私を認めていたが、どうしたわけか何を言うでもなく、しばらく窪地の高みに佇んでいた。

こうした際は銃を構えて、「誰か」と問うのが規則である。誰何三度に及ぶも答えのないときは、刺殺または射殺してもよいと、服務規定にも書かれている。太平の世にあってはむろん、たとえばの話ではあるが。

しかしすでに正気を欠いていた私は、誰であろうがこいつを銃剣で突き殺し、誰何三度に及ぶも返事がなかったので殺しましたと、そういうことでよかろうと本気で考えた。

教官だか助教の誰かだか、この期に及んでもまだ私に規則通りの誰何を強いているのだとしたら、まさか刺し殺さぬまでも半殺しくらいの目に遭わさなければ気が済まぬ。ここは死んだふりでもして、相手が近寄ってきたら躍りかかってやると、私は半眼を開いて待ち受けた。

人影がようやく斜面を下ってきた。富士山が太古に噴き出した岩と、折り重なる倒木はどれも厚い苔に被われていて、足元はひどく悪い。かすかに明るむ霧の中を、人影はひとつひとつ障害を乗りこえながら近付いてきた。

兵隊ではないと気付いた。もしくたびれ果てた通信兵であったとしても、いくらかは動作が敏捷なはずだった。ではいったい誰なのだと思えば、頭は働かなくなった。

民間人と接触してはならない、という命令を私は思い出した。命令というより、今さら言われるまでもない心得の第一である。

携行する武器の保全やら防諜上の理由やらという世界共通の常識のほかに、自衛隊には一般社会との摩擦を怖れる妙な道徳があった。

かと言って、民間人の出現などありうべくもない時と場所である。接触を避けてすみやかに立ち去るほどの道徳も気力も、私にはなかった。

人影は次第に明らかになった。毛糸の帽子を冠り、どこをどうさまよってきたのか、ベージュ色のレイン・コートは泥だらけだった。無精髭を生やし、甚だ精彩を欠いた中年の男である。

さして考えるまでもなく、私は男がこの非常の時と場所にいる理由を確信した。樹海は自殺の名所だった。

――大丈夫ですか。

岩に背をもたせかけ、ぼんやりと半眼を開く私に向かって男は訊ねた。

答えるかわりに、身を起こして銃を抱き寄せた。

それはこっちのセリフだと思った。死に場所を探している人間に、そうと問われていい気持ちはしない。少くともあんたよりは大丈夫だよと、私は胸の中で呟いた。

――いやね、しばらく様子を窺っていたんだが、もしや死んでるんじゃないかと思って。

私が無言であったのは、命令や道徳のせいではなかった。死ぬと決めた人間など、かかわりあいになりたくなかった。もし安易に言葉でもかわそうものなら、彼に取り憑いた死神がこっちに乗り移ってきそうな気がした。

――つらいお仕事だが、まあ何たって若いうちだ。

男は屈みこんで煙草をくわえ、「喫いますか」と私にも差し向けた。とうに煙草を切らしていた私は、無言の会釈をして受け取った。泥だらけの掌にマッチの火をくるみ、まず私の煙草に向けてから、自分の口元に持っていった。上あかりに照らし上げられた男の横顔は、静かな諦めに満ちていた。

うまそうに末期の煙を吐きながら、男は思いついたようにコートのポケットを探って、ウイスキーの小瓶を取り出した。

――君も、やりますか。

私は黙って顎を振った。

――そうですね。お仕事中だった。じゃ、勝手にやりますよ。

勝手に死ねよ、と私は苛立ち(いらだ)ながら胸の中で言った。最後の話し相手になってほしいのか、それともこの世に引きとめてほしいのか、男はなかなか立ち去ろうとはしなかった。

私はふと、自殺した小説家のことを考えた。およそ人間が思いつく限り、あれほど派手な自殺の方法はあるまい。命をこっぱみじんに吹き飛ばし、その爆風で縁もゆかりもないひとりの文学少年が、こんなところまではじけ飛んできたのだから。

それにひきかえ、何ともまあ地味でしめやかな死に方だろうと、私は男の横顔を窺った。男はいかにも今生のなごりのように、ウイスキーをぐびぐびと飲み、煙草をせわしなく吹かし続けていた。

腕時計が五時をさした。私は男のことなどお構いなしに立ち上がって、窪地の中心に置かれた無線機に歩み寄り、電源を入れた。

——やめてくれよ。

男は懇願するように言った。むろん私には、男を引きとめるつもりなどなく、男のために救助を呼ぶ気もさらさらなかった。

「CP。CP。こちらフォックストロット。現在時刻、〇五〇〇。テフシ解除。感あるか、送れ」

私の交信を待ち受けていたかのように、司令部からの電波が着信した。

——こちらCP。フォックストロットの感あり、良好。電送る。了解か、送れ。

私は腹の弾帯に挟みこんでいた通信帳を取り出した。読みさしのカポーティが苔の上に落ちて、花のほころぶようにページが風に騒いだ。

——こちらCP。フォックストロットはすみやかに現在地を離脱せよ。集合時刻、〇五三〇（マルゴオサンマル）。撤収をもって状況終了。了解か、送れ。

私は電文を通信帳に走り書いた。

「こちらフォックストロット。了解した。電、終わり」

やれやれと二日分の溜息をつき、私は帰り仕度を始めた。銃剣をはずして鞘（さや）に収め、無線機を背負い、毛布を畳んで肩に担（かつ）いだ。

半長靴（はんちょうか）の紐（ひも）を締め直していると、男がカポーティを拾い上げて私の目の先に差し出した。

——忘れ物だよ。

私は初めて答えた。

「それは、いらない」

本は読みさしだったが、雨に濡（ぬ）れてふやけきってしまっていた。

――いや。持って帰りなさい。

妙にきっぱりと、まるで命ずるように男は言った。

――これも、どうぞ。

男は本の表紙の上に、小さな紙袋を載せた。押しつけられた中味を見ると、平たくつぶれた餡パンが入っていた。

私は満身の装具を揺すり上げて歩き出した。何歩も行かぬうちに矢も楯もたまらなくなって、餡パンを口に押しこんだ。振り返ると、男は苔むした倒木を不器用に乗り越え、ぬかるみに足を取られながらよろよろと窪地の反対側を登っていた。

私は腹に入ったとたん炎に変わるような食物を咀嚼しながら、その後ろ姿を見送った。

ふと、突拍子もないことを考えた。いや、考えついたのではなく、まるで天から真黒な災厄のかたまりが落ちてきて、私の鉄帽にがつんと命中したような気がした。

男が樹海をさまよう自殺志願者などではなく、遠い未来の私自身なのではないかと思ったのだ。

ぞっと鳥肌が立った。その一瞬の想像は、男がじきに毒を呷って死ぬことよりもずっと怖ろしかった。

樹海の奥深くは時間が歪んでいて、私は二十年後か三十年後かに世を果無んで自殺しようとする私自身と、出くわしたのではなかろうか。そう思えば、生い茂る蔦をかき分けて去って行く背格好はちょうど私と同じほどであり、語りかけていた声もそのしぐさも、私とそっくりだったような気がしてきた。そして何よりも、あんがい内気で目立つことの嫌いな私は、いつか死なねばならぬほど追い詰められたときにはけっして腹を切ったりせず、遺書も遺言もなく樹海の奥に行方をくらますだろうと思った。

男の姿はたゆとう霧の中にしばらく見え隠れしていたが、やがて窪地をめぐる稜線の向こう側に沈みこんだ。木々の枝は何ごともなかったように帳を下ろし、朝告げ鳥が鳴き始めた。

「おーい」

私は男を呼んだ。雨を含んだ森に声は響かず、口にしたとたん耳元でくぐもった。

「おーい、おーい」

何度か呼ぶうちにいよいよ恐怖が募って、私は一目散に逃げ出した。答える声がないのは、男が時間の結界を越えて二十年後か三十年後かの樹海に帰ってしまったからなのだろうと思った。

方向はまったく失っていたが、しばらくやみくもに歩くうちに細い林道に出た。みちみちずっと差音を流し続けるばかりだった無線機からも、ふいに音声が入った。

――〇五三〇、現在時刻をもって状況終了。各員は県道にて車両を待て。デルタ、フォックストロット、ホテル、エックスレイ、現在地知らせ。応答せよ、送れ。

電波は司令部からではなく、通信兵たちを回収するトラックの車載無線機からなのだろう。あらかたは拾い上げたが、まだ四人が行方不明ということであるらしい。

林道の先から怒鳴り声が聞こえた。

「現在地なんてわかるわけねえだろ。ばかか、おまえ。おい、聞いてるのか。こちらエックスレイ。車を止めてクラクションを鳴らせ」

有難いことに、エックスレイの声に答えて県道の方向からクラクションが聞こえてきた。

林道のぬかるみに足を投げ出して、エックスレイがへこたれていた。陸曹候補生を志願せずに何任期めかの兵隊生活を送っている、古株の陸士長だった。

「おう、生きてたか」

と、彼は鉄帽の庇(ひさし)をつまみ上げて真白な歯を見せた。

「はい。何とか」

私は樹海の奥を振り返り、出会った男のことを言うべきかどうか迷った。

「ひでえツラだな。死んでねえか、おまえ」

エックスレイのその声は、私の口を封じてしまった。

それから私たちは、苔の上よりもいくらかはましなぬかるみの林道を、クラクションめざして歩き出した。

いつしか雨はやみ、木の間がくれの青空が幾筋もの春の光を、私たちの行く手に解き落としていた。

このふしぎな体験を、私は今まで口にしたためしがなかった。

どのように話そうが、命を見殺しにした私の行動を、人は不審に思うはずだからである。

しかし私はいまだに、あの樹海に消えた男が私以外の他人であったとは、どうしても思えない。ずっとそう信じてきたから、誰にも話すことはできなかった。つまり、人を見殺しにしたという悔悟は何もない。

そうこうするうちに、あの男の年齢は越えてしまった。いつかそうした運命が待ち受けているかもしれぬという予感に怯えながら、むろんその間には命を脅かす苦労はいくたびかあったのだが、どうにか乗り越えて五十もなかばを迎えた。

だとすると、はたちの私はやはりあの日、藁にもすがる思いで救けを乞うた人を、知らぬ顔でやり過ごしたのだろうか。

いや、ちがうと思う。いかに私が疲労と空腹で正気を失っていたとしても、これは自分自身の未来の姿だなどという、途方もない想像をするはずはない。

では、こんな解釈はどうであろう。

もしあの日の樹海に時間が歪むほどの奇跡が起こったのだとしたら、時間ばかりではなく私を囲繞していた環境のすべてが、実体とはちがう抽象的な概念に変形していたとしても、何らふしぎはあるまい。

小説家の突然の訃報に衝撃を受けて、あとさきかまわず彼の死に場所に躍りこんだ私は、すっかりおのれを見失っていた。たぶん十中八九、人生は定まってしまっていた。

たまたまそこに、鬱蒼たる物語の森に迷いこんでうたた寝でもしていた、未来の私の魂が滑りこんだ。そして、まだしばらくは先だけれども、かくあるべき人生をそれとなく示唆したのではあるまいか。

まことに都合のよい解釈だが、そう考えれば良心の咎めからも免れ、あくる年にやおら翻意して除隊したことの説明もつく。

筆を擱き、痺れた足を文机の下に投げ出して仰向けば、長い時の間に繁殖した書物は視野を被っており、書きかけの原稿だの校正刷りだの資料だのが、太古の苔のように書斎の畳を埋めつくしている。涯てもない想像が生い立ちかつ埋もれかさみ、ひどく乱雑に見えて妙に清浄な気に満ちた、物語の樹海である。

解説

鵜飼哲夫

〽ぼ、ぼ、ぼくらは少年探偵団
　勇気凜凜(りんりん)ルリの色

〈のぞみに燃える呼び声は〉と続くこの歌詞は、昭和三十年代に大ヒットしたテレビドラマ「少年探偵団」のテーマソングの一節である。まさに少年時代、この歌を愛唱した浅田次郎は、涙あり、笑いあり、怒りあり、読めば元気百倍になる自伝的熱血エッセイのタイトルを『勇気凜凜ルリの色』にした。十代から小説家を志しながら、大学受験に失敗、浪人ののち自衛隊に入るなど様々な紆余曲折(うよきょくせつ)を経て四十五歳の夏、念願の直木賞をとった作家、「勇気と努力こそチャンスの土壌なのだ」という浅田次郎にピッタリではないか。

が。浅田次郎というと、少年探偵団の小林少年が対決した怪人二十面相が思い出されてならない。悪漢小説「きんぴか」「天切り松　闇がたり」の両シリーズやエッセイ集『極道放浪記』の著者であるからではない。「マントをなびかせ、神出鬼没の変装術で少年探偵団を翻弄する謎の怪盗」という二十面相のキャラクターが、浅田次郎の文学世界を彷彿させるからである。

ある時は、『蒼穹の昴』『壬生義士伝』『終わらざる夏』など大長編を書き、ある時は、『鉄道員』をはじめとした短篇集で、読者の涙をしぼりとる。またある時は極道系作家。またまたある時は競馬を愛するギャンブラー。そしてまたある時は、頭周り六十二センチの巨頭、足のサイズ二十三・五センチなどという持ち前のキャラクターで読者を笑いで痙攣させるエッセイ「ハゲについて」「モチ肌について」を『勇気凜凜ルリの色』に書くユーモリスト……。二十面相のように変幻自在なのである。

それは十をはるかに越える短篇集でも同じ。それぞれに千変万化、独特の味わいがある。大人のメルヘンとでもいうべき『鉄道員』。不器用にしか生きられない人間たちの、愚直なまでの生の哀切が身にしみる『月のしずく』。二年間いた自衛隊の体験をもとにした男たちの汗と涙のドラマ『歩兵の本領』。江戸から明治、名もなき武士たちの誇り高き生き方をハードボイルド調で描く『五郎治殿御始末』。武士である男たちの滑稽と悲惨をユーモアたっぷりに描く『お腹召しませ』……。人生のいろいろを、登場人物になりきり、涙と笑い、時に怒りと哀切を込めて描いているのである。

さびれた商店街の小さな中華料理店に、天使のように舞い降り、儚い思い出だけを残して突然去った女・純子のことを描く表題作「夕映え天使」をはじめ六篇を収録した本書は、小説よりも奇なる人生の瞬間に出会った人々の、それからを見つめていく。そして、理屈だけでは割り切れない人生の陰影を描き出す。

いろいろな人に出会い、人間の気持ちを知り、俗になじんでいるからこそ二十面相になったのだろう。『待つ女　浅田次郎読本』（朝日文庫）に収録されている年譜などをもとに浅田氏の半生を見てみると――。

1951年　12月13日、東京・神田で写真機材卸業者を営む家庭の次男に生まれる。小学校はミッション系。まだ自家用車の普及していない時代、アメリカの高級車ダッジで送り迎えされるブルジョア生活を送る。祖母に連れられ、歌舞伎、映画をよくみに行く。

1962年　この年の夏、家業が破綻し、父母は失踪。親類の家に預けられる。

1963年　小学6年生の時、母に引き取られる。母はホステスをしており、六畳一間に三人で暮らす。

1964年　駒場東邦中学に進学。「どうしても私立中学を受験すると言い張って、貧しい母を困らせた」「私立中学にこだわったのは、親の不始末によって私の人生まで変えられたのではたまらぬ、と考えたからである」(「学而」より)。図書館の本を読むうちに、自分は小説家になるのだと思い込むようになる。このころ集英社の「小説ジュニア」に小説初投稿。

1967年　下宿で一人暮らしを始める。

1968年　文学熱が高揚するあまり、鬱病となり、中央大学附属杉並高校に転校。在学中は髪をリーゼントに決め、麻雀屋などでアルバイトして自活。ディスコ通い、放蕩三昧しながら、文芸誌に投稿する。

1971年　大学一浪後、三島由紀夫の死を探究するため、陸上自衛隊に入隊。

1973年　自衛隊除隊。「頑健な肉体、不屈の闘志、整理整頓、時間の厳守、自律と自省。二年間の間に得たものは計り知れない」(「転属命令について」より)。その後、次々と仕事するものの、勤めた会社が相次いで倒産する。

1976年　25歳で婦人服の会社を興すが、29歳の時に倒産。一億円の借金。このあいだ、いろいろなことがあり、

1987年　ついに商業誌『月刊小説』より原稿の依頼が来る。

1991年　初の著書「とられてたまるか！」を刊行。

苦労の連続であり、その体験から学んだ多くのことが浅田文学の世界を豊穣なものにしている。何も苦労が偉いと言っているのではない。エッセイ集『絶対幸福主義』で浅田氏自身こう語っている。「苦労とは、すればいいというものではない」「苦労を積み重ねるのではなく、日々の幸福を積み重ねることこそが、真の人生経験なのである」と。そうして浅田氏が学んだことは、「嘘（うそ）はつかない」「愚痴を言わない」「見栄を張らない」という三つのことだった。この三つを守っていけば男らしく生きられるという信念だった。

エッセイ集『ひとは情熱がなければ生きていけない』に収録された「銀幕の父母」で書いていることは、浅田美学を象徴している。

「父母から教わったことは何もないような気がする」と父母を突き放しつつ、同時に父と母への熱い思いがつづく。「私に物語を書かせている動力は、口にできぬ恨みつらみのほかに、彼らのダンディズムに対する憧（あこが）れなのであろう。／きたない身なりは恥だ。まずい食い物は毒だ、と父は言った。／人と別れるときに振り返って手を振るようなまねはするんじゃない、と母は言った」。

浅田氏は、かくのごとくして、しかと手に摑み、身体に刻みつけたことごとを、「やさしく」「美しく」表現することを心掛けている。だからこそ多面性にもかかわらず、感動を大衆に届けるという一本の筋が通っているのだ。『夕映え天使』に戻る。

長編『中原の虹』の執筆時期に並行して書かれた短篇を集めた本書もまた、二十面相らしく、バラエティーに富んでいる。父母が離婚し、祖父に引き取られた少年が繰り返す「さよなら」が胸に迫り、最後に少年が、命を絞るほどつらい思いのすえに声に出す「さよなら」が生きていくことの勇気を示す「切符」。いっけん平凡なサラリーマンの定年の一日を書いていると思いきや、SF小説の味わいがある「特別な一日」。自衛隊員だったころ、演習で遭遇した不思議な出来事を回想し、寓話性がある「樹海の人」。時代から、どこかで置き去りにされた人々が織りなすドラマには人生の哀歓が詰まっている。

この短篇集の文章は、新たな境地を示しているようにも思われる。これまでは、浅田氏が尊敬する作家永井龍男（一九〇四～一九九〇）が随筆「正確な文章」で書いているように、表現したい思想なり感情を、「表からも裏からも、前からも後からも観察して、しっかり自分の手につかむ」、念入りな表現が浅田流だった。しかし、本作では、「トタンにイメージがズバッと出て来て、それが思想だっていうもんでないと、小説ではない」と主張した作家、石川淳（一八九九〜一九八七）の小説作法に近いものが濃厚に感じられる。

女房子供に逃げられ、他人に誇るほどの手柄もないまま定年を迎える老警官が、みちのく一人旅で、指名手配の犯人と遭遇する「琥珀」では、変わりやすい三陸の天候がもたらした琥珀の光が、人間の心に思いもかけない変化をもたらし、老警官と犯人の人生模様が鮮やかに交錯する。そして、老警官はある決断をする。

子供の頃、鬼ごっこだかをして遊んでいた「僕」の前に、妖精のように現れた少女との出会いを描いた「丘の上の白い家」では、丘の上の天上界に住む少女、丘の下の、不幸のさまをさまざまに異にしている貧しい少年たちのイメージが一閃、交わる。そこである悲劇が起きる。

なぜ老警官は決断したのか。なぜ、少年と少女の悲劇は起きたのか。小説では詳らかには説明されない。鮮烈なイメージと不意をつくような出来事が、物語では宙吊りにされたまま、人生という尽きせぬドラマの不可解な断面を斬り取り、生きてあることの謎に迫る。

「もののあはれ」とは、ひと言では言い尽くせぬ、心の奥底からわきあがってくるしみじみとした感情を表わす古語である。短篇集に喜と怒、哀と楽が分かち難く存在する人生の「あはれ」が表現されている。「泣かせの浅田」の、新たな面相を見た。

(平成二十三年五月、読売新聞文化部記者)

この作品は平成二十年十二月新潮社より刊行された。

夕映え天使

新潮文庫　あ－47－5

平成二十三年七月一日発行
令和五年十一月十日二十三刷

著者　浅田次郎

発行者　佐藤隆信

発行所　株式会社新潮社

郵便番号　一六二－八七一一
東京都新宿区矢来町七一
電話　編集部(〇三)三二六六－五四四〇
　　　読者係(〇三)三二六六－五一一一
https://www.shinchosha.co.jp

価格はカバーに表示してあります。

乱丁・落丁本は、ご面倒ですが小社読者係宛ご送付ください。送料小社負担にてお取替えいたします。

印刷・大日本印刷株式会社　製本・加藤製本株式会社

ISBN978-4-10-101926-0　C0193